魔王を斃した後の帰り道で

榊一郎 Illust:芝

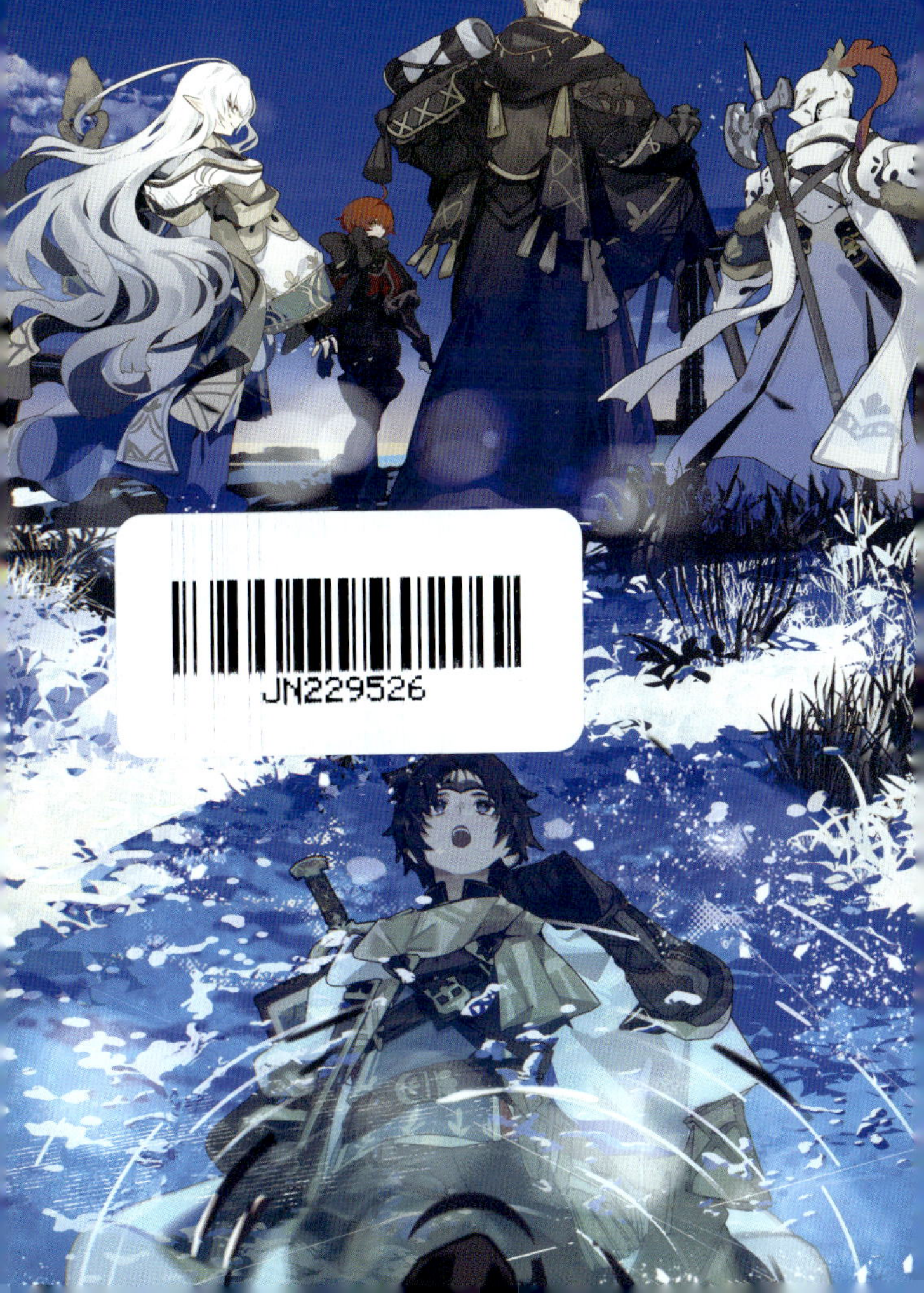

CONTENTS

ON THE WAY BACK FROM THE HERO

魔王を斃した後の帰り道で

榊 一郎

ファンタジア文庫

3442

口絵・本文イラスト　芝

魔王を斃した後の帰り道で

ON THE WAY BACK FROM THE HERO

Ichiro Sakaki
Shiba

PROLOGUE

弓手ジャレッド

SCENE BEFORE
DEFEAT THE DEMON KING
戦闘

序章　弓手ジャレッド

「……俺達の旅はここで終わりだ」

そんな不意の言葉が――乾いた夜の空気を震わせる。

ひどく淡々とした声音。何の感慨もにじまぬ口調。

いつも通り、事実をただ事実として告げるだけの喋《しゃべ》り方だ。

だが――

「『魔王』は斃《たお》した。責務は果たした。俺はここで抜けさせてもらう」

冷たい月光の下、見渡す限り岩と砂ばかりの寒々しい荒野。

温《ぬく》もりは無く。彩《いろど》りも無く。

著しく生命の気配を欠いた、まるで『世界の終焉《しゅうえん》』の如《ごと》き風景。

その只中《ただなか》において……『終わり』の一言は、ひどく重々しく響いた。

「――ジャレッド?」

必要な内容を必要最低限の言葉で無駄なく伝える――それがこの男、ジャレッドの常であった。情報伝達において自分の感情など雑音に過ぎない、そう考えて、一律に切り捨てているかのような、そんな合理性の権化《ごんげ》。

それでここまで上手《うま》くやれてきたのだ――彼等《かれら》は命懸けの旅の途上であり、彼の物言いを味気ない、不愛想《ぶあいそう》だ、と咎《とが》めるような余裕を誰も持ち合わせてはいなかった。

だからこそ――

「………………」

誰もが虚を衝《つ》かれたかのように応じるべき言葉を絞り出せない。

勿論《もちろん》、当のジャレッドはそれに不満を感じる様子も無い。何かの反応を期待して発せられた言葉という訳でもなかったのだろう。

あるいは――

「じゃあな」

皆に背を向けながら、そう挨拶の言葉を付け加えたのは……この一年余りを共に戦い抜いた仲間達への、彼なりの礼であったから、なのかもしれない。

「……いや、ちょっと、ちょっと待って⁉」

ユーマは我に返ってそう声を掛けた。

他の仲間達は未《ま》だ呆然《ぼうぜん》としている。

咄嗟《とっさ》に叫びはしたものの、託宣に『魔王を討ち滅ぼす勇者』と告げられた少年《ユーマ》の顔にも、色濃い戸惑いの表情が浮かんでいた。

「ジャレッド、どうして？」

弓手《アーチャー》ジャレッド。

『勇者と共に冒険し魔王を討ち世界に光を取り戻す』と託宣に告げられた五人の仲間。

その一人にして最強の弓使いである。

長弓、短弓、弾弓、弩弓《どきゅう》、弓と名のつくものならば何でも自在に使いこなし――信じ難《がた》い程の遠距離から標的の急所を正確に射貫《いぬ》く狙撃手としての腕前と、乱戦の最中、複数の標的を近距離から攻撃し得る遊撃手の素早さを兼ね備える男だ。

後方支援どころか、ジャレッド一人で迫りくる魔王軍の一部隊を、一方的に壊滅させた事すらある。

吠《ほ》えず、喚《わめ》かず、笑いもせず、ただ淡々とまるで何かの作業のように――しかし恐るべき集中力を以《もっ》て正確に矢を、弾を撃ち込んでいくその姿は、勇者たるユーマに『この男が敵でなくて良かった』と何度も思わせたものだ。

「…………」

ジャレッドは足を止めはしたが、振り返りはしなかった。

鉄矢と木矢、二種の矢筒を背負った彼の背中はいつもと何ら変わらず、そこから何かを読み取るのは難しい。

元より……寡黙で、表情にも乏しく、普段から何を考えているか分かり辛《づら》い男だった。

今もその神経質そうな、彫りの深い細面には何の表情も浮かんではいないのだろう。矢を射る為《ため》の集中力と引き換えに喜怒哀楽、動揺を誘う人間らしい感情の全てを棄《す》ててきたかのような男だった。

「今、ここで……？」

そうユーマが問うたのもある意味で当然だ。

今、彼とその仲間達が居るのは『魔王城』の跡地だった。

改めて周囲を見回しても眼《め》に映るのは、草一本生えぬ荒涼たる灰色の大地と、あちらこちらに点在する幾つかの遺構、即《すなわ》ち溝や穴のみ。

ここに昨日まで――いや先程まで『魔王』の拠点が在ったのだと言っても、信じない者も居るだろう。

魔王城は人間の造る城塞と根本的に異なる。

それは魔王の一部、拡張された魔王の肉体だ。

この世界と異なる何処《どこ》か――『魔界』から来た魔王とその眷属《けんぞく》達は、この地に文字通り根を張って、全てを『作り変えて』いった。

座する場所を魔界に変える、自らの支配領域に転じるからこその魔王。

故に交渉、妥協の余地はなく、ただただこの世界に生きとし生ける者にとっては滅ぼす以外に選択肢の無い天敵だ。

同時に魔王は、魔界の存在《モノ》が、この世界に在る為の——存在をこちら側に繋《つな》ぎ留める為の『楔《くさび》』でもあった。

魔王が滅びれば魔界由来の存在はこちら側に留まる事すら困難。魔族にとってこの世界に在る事は、いわば水の中に息を止めて潜っているに等しいものであるらしい。

だからこそ『魔王暗殺』は世界を救う起死回生の一手たり得た。

そしてユーマ達は先程それを成し遂げたのだ。

魔王の死と同時に魔王城は迅速に消滅し、魔王の傍《そば》に侍《はべ》っていた魔族達もまた、消えた。

まるで彼等の存在そのものが悪い夢であったかの如くに。

後に残ったのはその痕跡のみである。

何故《なぜ》——そうまでして魔族がこの世界に攻め込んできたのかは分からない。

そんな敵側の事情にまで気を配る余裕はユーマ達には無かった。

勇者とその仲間達は、ただただ、世界を救う為に必死に戦ってきただけだ。

そして確かにジャレッドの言葉通り……今、ここに、勇者とその仲間達による魔王討伐の旅は終わりを迎えたのだ。

ただ――

「ようやく、僕達は世界を救って――」

「そうだよ。報奨金だってたっぷりもらえる筈《はず》だよ」

そうユーマに添えるように言ってきたのは、斥候兵《レンジャー》の少女ボニータだ。

託宣に告げられた勇者の仲間の中では最年少――その赤毛こそ、活動の邪魔にならぬようにと少年のように短めに整えられているが、大きく円《つぶ》らな琥珀《こはく》色の眼や、幼い丸みを残すその顔の輪郭と相まって、実に可愛《かわい》らしい。

「王都に還《かえ》れば、アタシら、英雄だよ？」

「帰りは行きよりは楽な道でしょうが――」

と――魔王城の中心部が在った辺りを見遣《みや》りながら言うのは、僧侶《プリースト》のグレアムだ。

大柄な体躯《たいく》に四角い顔。目鼻立ちは端整で、浮かべる表情も理知的だが、その身の丈故に、黙ってそこに佇《たたず》んでいてさえ、まるで後ろ足で立ち上がった灰色熊のような、重量感……というか迫力がある。

「それでも大半は無法の荒野。皆で行動した方が何かと便利ではあるでしょう」

「そうだ。魔族の残党だって未だそこらを徘徊《はいかい》していても不思議はない」

更に——兜《かぶと》を脱ぎながらそう付け加えてきたのは聖騎士《パラディン》のレオナだった。

鮮やかな金髪を後頭部で括《くく》って束ね、碧眼《へきがん》は大きく、鼻筋もすっきり通っている為、いかにも肩書通り——当然のように美男美女を選んで血統を維持してきた貴族の末裔《まつえい》そのもの、といった優美な容姿である。

「それに……魔族が居なくなったらなったで、町や村に対して良からぬ事をたくらむ悪党どもが活気づく事も考えられる。それらを王都への帰還途上で駆逐するのも我々の役目」

「荷物持ちが減ると、妾《わらわ》も困るんじゃよねぇ」

そのレオナやジャレッドの方を見比べながら、何処か気だるげな口調で言うのは魔術師《ウィザード》にして妖精族《エルフ》のラウニだった。

ボニータよりも更に小柄で細身、大柄なグレアムや長身のレオナと並ぶと、益々《ますます》子供のように見えてしまうが、本人曰《いわ》く勇者一行の中では最年長者らしい。

癖のない長い銀髪と紫の双眸《そうぼう》、白磁器のような白い肌……それらを一切の隙無く配置した目鼻立ちと相まって、どこか精緻な工芸品、人形のような印象すらある。

「ほれ。妾は、この通り、華奢《きゃしゃ》じゃからのう？」

そう言って魔術の発動媒体である杖《つえ》以外は何も持たずに、その場でくるりと回って見せる。彼女の『自分は華奢』という主張《アピール》は毎度の事であり、その荷物は大抵、体格に優れたレオナ、ジャレッド、グレアムの三人が交替で運ばされていた。

弓手ジャレッド。

斥候兵ボニータ。

僧侶グレアム。

聖騎士レオナ。

魔術師ラウニ。

この五人が『勇者と共に冒険し魔王を討ち世界に光を取り戻す』と託宣に告げられたユーマの仲間達である。

この一年余りの『冒険』を——魔王を討つ為の旅を共にし、何度も一緒に死線を潜《くぐ》り抜《ぬ》けてきた戦友達。ユーマにしてみれば、それまでの人生全てにも匹敵する程の、波乱万丈で濃密な時間を共にしてきた人々だった。

だからこそ——

「僕は、皆と一緒に王都に還るまでが、冒険だと……」

若干の気恥ずかしさを覚えながらも、ユーマはジャレッドの背中に向けてそう言った。

ここでお別れだと言われても、彼としては釈然としない。

まるで自分が仲間達に感じていたものは、自分の一方的な『片思い』なのだと告げられたかのようで。

それは即ち『力を合わせて頑張ってきた』という事すら、思い違いだったという事であり……今、魔王を討ち果たし、世界を救った事でユーマが抱いている達成感すら、実は中身の無い空疎なもの、単なる勘違いだと言われたかのようにも思えてしまう。

偉業ではなく単なる作業。達成ではなく単なる終了。

戦友ではなく単なる同行者。

そんな風に考えるのは……寂しい。とても哀《かな》しい。

ユーマは痛切にそう思った。

しかし――

「……ああ。『冒険』……そう。『冒険』だ」

ジャレッドは小さく身じろぎをする。

「お前はそう言って俺を魔王討伐の旅に誘ったのだったな」

「……ジャレッド?」

首を傾《かし》げるユーマを――ここでようやくジャレッドは振り向いた。

「元々俺は『冒険』なんかに興味は無かった」

その両眼はやはり湖面のように静謐《せいひつ》で、ひどく醒《さ》めた視線を勇者の少年に注いでいる。

同じ夢を見る時間はもう終わったのだ、と告げるかのように。

「『世界を救う』なんて大層なお題目にも興味は無かった」

ひどく今更な告白の後――不愛想《ぶあいそう》な弓手《アーチャー》は懐《ふところ》から小さな首飾りを引っ張り出した。

「俺はただ、妻と娘を守りたかっただけだ」

首飾りには二枚の小さな板がついている。

そこには――神の加護を示す簡素な記章《シンボル》と共に『我が夫』『我が父』という言葉が彫り込まれていた。

手製の御守《おまも》り。

恐らくはジャレッドの言う妻と娘が、魔王討伐の旅に出る彼の無事を祈って、手ずから刻んだものだ。土地によって細かな形式は様々だが、この種の御守りは人類の暮らす場所ならばどこにでも見られる。

「魔族に攻め込まれて荒れ果てていくこの世界では、か弱い妻も娘も満足に生きてはいけない。俺はただ、あの二人の未来を守る為に、戦っただけだ」

「……妻帯者だったんだ？」

とボニータが目を丸くして呟《つぶや》くところを見ると、彼女もジャレッドのこの身の上話を聞くのは初めてであるらしい。

いや。恐らくは他の皆もそうだろう。

『魔王討伐』ひいては『世界救済』という大義名分があったればこそ、ユーマ達は心を一つにして必死に戦う事が出来た。逆に言えば個々人の事情など知らずとも、生き死にの現場では、互いに協力し連携をとれた——否、とらざるを得なかった。

そしてそれで十分に戦い抜けるだけの力量を、皆が持っていた。

しかし……

「では一日も早くその奥さんと娘さんのところに？」

とグレアムが苦笑を浮かべて尋ねるのは……朴念仁そのものといった感じのジャレッドが結婚していたという事実を、面白く感じているのかもしれないが。

「——いや。二人とも死んだ」

その一言で場の空気が凍り付いた。

「……え、い、いつ⁉　どうやって——」

と——ボニータが尋ねたのは、旅の途中でジャレッドが妻子の死を知った方法が、分からなかったからだろう。

「村の魔術師が〈精霊の囁《ささや》き〉で報《しら》せてくれた。半年程前だ」

「…………」

顔を見合わせるボニータとユーマ。

「じゃあ、それを知っていながら――」

ジャレッドはユーマ達と一緒に戦ってきたのか。

本来の目的を失っても尚《なお》――

「この旅の後半は、ただ、妻と娘の復讐《ふくしゅう》の為《ため》だった」

ジャレッドは眼《め》を閉じてそう言う。

在りし日の妻と娘の姿を思い浮かべて懐《なつ》かしんでいるのか。

それとも――『魔王』の断末魔を思い出して溜飲《りゅういん》を下げているのか。

やはりその表情に乏しい顔からは何も窺《うかが》い知る事は出来なかったが――

「お前達に対する多少の義理もあって――ここまで来たが」

ジャレッドは再び瞼《まぶた》を開いてユーマ達を見る。

「いずれにせよ、俺の旅は『魔王』を討ち滅ぼした事で終わった」

だからユーマ達と一緒に居る意味もない。

ジャレッドはそう判断したからこそ別れを告げてきたのだ。

「で、でも――」

わずかでも義理を感じてくれているのならば、共に王都に凱旋《がいせん》するまでは一緒に居てくれても良いのではないか……？

そうもユーマは思ったのだが。

「王国には憎しみしか感じない。王国は、妻も娘も守ってくれなかった。戦況が悪化してきた結果、辺境の町や村から軍を引き揚げて、王都の防備を固めたからな」

「………」

ユーマは二の句が継げない。

王国が軍の戦力を中央に——王都周辺に集中させたのは事実だ。

結果として幾つもの町や村が魔族の軍勢に蹂躙《じゅうりん》されたと聞くし、実際にそうして出来たであろう廃墟《はいきょ》の群れを、ユーマ達はこの旅の途中で幾度となく見てきた。

王国側の選択は、戦時としては別に不思議なものでもない。人類全体を、より多くの人々を救う為に、これは仕方がない事なのだとユーマは自分に言い聞かせてきたのだが

——

（……いや。違う）

ユーマは胸が痛むのを感じた。

（僕は……知ろうとしなかった、考えようとしなかった、だけだ）

大義の為に必死だった。余裕が無かった。

それはその通りだ。

だからこそジャレッドもユーマ達の気を煩わせないよう、今の今まで妻子の事を黙っていた――黙っていてくれたのだろう。

けれど――

「王都に凱旋して褒賞《ほうしょう》を貰《もら》う？　英雄として褒《ほ》め称《たた》えられる？」

ジャレッドの声は尚も淡々としたものではあったが、そこに何かが軋《きし》むような響きが交じっていると感じたのは、ユーマの気のせいだろうか。

「馬鹿な。どちらも吐き気がする。迂闊《うかつ》に王族の顔なんぞ見れば俺は、その面《つら》を射貫《いぬ》かずにいられる自信が無い」

「……ジャレッド……」

こんなに雄弁なジャレッドをユーマ達は初めて見た。

この男はこんな気持ちを――怒りを、哀しみを、恨みを、胸の奥に沈めて、今まで自分達に付き合ってくれていたのか。

恐らくはユーマ達の士気に水をささないように。

そんな配慮を――途方もない苦痛を伴う思い遣《おもや》りすら、無表情の裏側に隠して。

ユーマ達の為に。世界を救う為に。

自分は託宣に選ばれた勇者の仲間なのだから——と。

「お前達は凱旋して褒賞を貰えばいい。それだけの事をお前達はした」

そう言ってジャレッドはユーマ達をその場に残し、一人、歩き出す。

「お前達がそれを求めるのは当然だし、偉業を成し遂げたと喜び誇るのも当然だ。それを責めるつもりは無い。だが俺は——嫌だ。断じて」

「ジャレッド——」

とユーマは一瞬、手を伸ばし掛けるが。

弓手の背中は、言葉も仕草も無く、しかし、きっぱりと引き留めを拒絶していた。

もう果たすべき大義、魔王討伐は終わった。

ならばジャレッドが、託宣に謳《うた》われた勇者とその五人の仲間、である理由も無い。

今や彼はただの弓手、ただの狩人《かりゅうど》に過ぎず、妻子を失った一人の男でしかなかった。

「僕は——」

喪《うしな》われた彼の妻子へのお悔やみか。あるいは共に戦った仲間への餞別《せんべつ》か。

何かせめて手向けの言葉を——とも思ったが。

「…………」

去っていく弓手にかけるべき言葉を、ユーマはどうしても自分の中に見出《みいだ》せなかった。
『今までありがとう』の一言すら薄甘い偽善に聞こえるのではないか。
恐らくそれはボニータもグレアムもレオナもラウニも同様なのだろう。皆がただ黙って
ジャレッドの後ろ姿を見送るだけだった。
慰めも。労《いたわ》りも。励ましも。謝罪すらも。
何もかも全て……今更だ。
「僕は……」
何も知らない。知らなかった。
一年も一緒に旅をして。何度も生死を共にして。
同じものを見て、同じものを聞いて、同じ事を考えていた――筈《はず》なのに。
だからこそこんな命懸けの困難な旅を、冒険を、成し遂げる事も出来た筈なのに。
その実、自分は何も分かっていなかった。
分かった気になっていただけで。
何という傲慢か。何という怠惰か。
「……ユーマ」
ふと声を掛けられて眼を向ける。

レオナがユーマに歩み寄って、励ますように肩に手を置いてきてくれた。

「ジャレッドの言う通りだ。奴《やつ》は……奴だって、我々の仲間になる以前は、どこにでもいる普通の男だった筈だ。普通の男が、一時だけ、『勇者の仲間』を演じて、普通の男に還《かえ》っていく。ただ、それだけだ」

それに良いも悪いもない。

ただただ自然な、当然の事である筈だ。

「……そう、だね」

とユーマは、仲間を一人欠いた寂しさを胸の奥にしまい込んで笑顔を作る。

「本当にそうだね。その通りだ。僕は、命懸けの旅を共にしてきた仲間の事を……何一つ知らない。知らなかった」

漠然とした、後悔とも不安ともつかない気持ちを抱えながら、託宣に選ばれた勇者は、小さくなっていく弓手の背中を、ただただ、見送った。

CHAPTER 1

僧侶グレアム

SCENE BEFORE
DEFEAT THE DEMON KING
休憩

第一章　僧侶グレアム

僧侶《プリースト》グレアム。

託宣に謳われた『勇者と共に冒険し魔王を討ち世界に光を取り戻す』五人の一人。

どんな人物かと仲間達に問えば誰もがまず『優秀な法術の使い手』と即答し、更に『見かけによらず』と前置きしてからこう言うだろう。


『質実剛健を絵に描いたような男』


背は高く。肩幅は広く。手足も太く。

胸筋はゆったりした法衣《ほうえ》の上からでも分かる程に肉厚。

更に……亜麻色の髪は短めに整えられ、両の眼は切れ込みのように細く鋭い。

目鼻立ちには僧侶としての怜悧《れいり》さがにじんではいるものの、それよりまず見た者の印象に残るのは、黙ってそこに立っているだけで周囲を威圧するかのような体軀《たいく》の迫力なのだ。

ただし、そんな見た目とは裏腹に、普段の彼の物腰は温和の一語に尽きる。

『さすがは説法が仕事な坊さんだけはあるのう』

人当たりが良《い》い。口調も穏やかで声音には深みがある。

旅の途中で立ち寄った町や村での交渉、物資の調達といった諸々《もろもろ》を一手に引き受け、彼《かれ》等《ら》の旅をずっと支えてくれた。その振る舞いには説得力と誠実さがあふれ、一度は彼の見た目に怯《おび》えた相手も、言葉さえ交わせばすぐに胸襟《きょうきん》を開いてくれる事が多かった。

一方で――

『単なる力比べなら多分、私は彼に勝てない』

レオナがそう評するように、その熊の如《ごと》き体軀は、見かけ倒しではない。

この僧侶が、奇襲してきた魔族を法杖《ほうじょう》で打ち据え、たったの一撃で地に這《は》わせる姿を、ユーマ達は何度か見ている。

グレアムの場合、ただでさえ頑強で膂力《りょりょく》に秀《ひい》でた己の肉体を、自らの法術で強化し、超人の域にまで高める事が出来るのだ。

殴られようが蹴られようが、斬られようが焼かれようが、高度な回復系の法術を自らに掛け続けながら白兵戦を行うグレアムは、中途半端《ちゅうとはんぱ》な戦士よりも遥《はる》かに耐久力が高い。


『奮闘聖職者《ストラグル・クレリック》』

——とは、そんな彼に対してボニータがつけた綽名《あだな》である。

●

ごとごとと音を立てながら馬車が街道を行く。

「随分と荒れ果ててしまったな」

と御者台で手綱を握りながらレオナが呟《つぶや》くように言った。

魔族との戦争が続いていたこの一年間は、ほぼ整備がされておらず……今や、街道とは名ばかり、雑草によって地面が殆《ほとん》ど見えない。馬車はまるで緑の海を掻《か》き分《わ》けて進んでいるかのようで、心なしか馬達も歩きにくそうだった。

「たった一年やそこらで、こうなるとはな」

「レオナは元々王都住まいだっけ」

レオナの隣に座って周囲の風景を眺めながらユーマは苦笑を浮かべる。

「雑草って本当にすぐどこにでも生えてくるからね。辺境区の街道の整備は、開拓村とかに任されていたけど――」

元々辺境区の街道は王都内部と異なり、石畳が敷かれるでも、瀝青《アスファルト》で均《なら》されるでもなく、通行の邪魔になりそうな岩や石を取り除いて、踏み固めただけのものである。

当然だが、しばらく放置するだけで雑草は生え放題となり、領域を常に拡大している森や林に呑《の》まれていく事が多い。

開拓村の人々は獣だの災害だのと戦うよりも、雑草と戦っている時間の方が多いくらいだった。

「ユーマは開拓村の出身だったたか」

「ああ。初期に魔王の軍勢に滅ぼされたところの一つだね」

とユーマはわずかに表情を曇らせて言った。

「何の因果か、僕だけが生き残ってしまった」

「……因果も何も。お前が託宣の勇者であったからだろう」

と言うレオナの声にはユーマを労《いた》わる響きが在った。

「たまたま生き残ったのではない。生き残って世界を救えと使命を託されたのだ。その事に後ろめたさを覚える必要はない」

「……そう、かもね」

とユーマは頷《うなず》く。

彼はしばらく夕暮れの色に染まりつつある空を見上げていたが——

「ただ……僕はジャレッドの事も全然知らなくて」

「未《ま》だその事を気にしているのか？　彼には彼の事情が——」

「いや、彼の事を悪く思っているのでは、なくてね」

とユーマは首を振って見せる。

「本当、僕は皆の事をなんにも分かってなかったんだなって」

「……ユーマ……」

「レオナの事だって、王都出身の聖騎士様ってだけで、他の事はなんにも知らないんだなあって——」

「……それは確かに、な」

とレオナが兜《かぶと》の下で、気まずそうにその蒼《あお》い眼《め》を逸《そ》らしたのは、自分もまたユーマの事をろくに知らないという事実に思い至ったからだろう。

いや。ジャレッドの事に限らない。

ユーマやレオナの事にも限らない。

魔王を討つという目的の為《ため》に集った託宣の勇者とその仲間達。

必死に敵を倒し、目的の魔王を討つ為に、がむしゃらに走ってきた。

わき目など振る余裕はある筈もなく。

だからこそ、全てが終わった今になって、ユーマは疑問を覚えたのだ。

自分は一体、どこの誰と旅をしてきたのだろう……と。

「ジャレッドだって、レオナだって、ボニーだって、グレアムだって、ラウニだって、僕と出会う前には何処《どこ》かで生活していて……家族が居て、大切な人が居て、大切な故郷が在って……」

誰もが突然そこに出現した訳ではない。

命は全て繫《つな》がっている。

そこに一人の人間がいるという事は、その背後に無数の関係者が居て、無数の出来事が連なっていて、それらが結実した結果が、その人物なのだ。

なのにユーマに限らず、人は、その事を普段は意識しない。

自分の目に見える範囲だけを見て分かったような気になる。

あるいは『勇者』だの『聖騎士』だの、あるいは『男』だの『女』だの『若者』だの『老人』だの——といった分かりやすい『名札《タグ》』越しにしか他人を見ない。

だから——

「上手《うま》く言えないんだけどさ」

ユーマは短い溜息《ためいき》を挟んで言った。

「もし、この旅で誰かが欠けてしまっていたら、僕はその人の遺族がどこにいるのかも分からなくて、遺品があったとしても、届けてあげる事さえ出来なかったんだなって」

そもそも遺族が居るのかどうかすら分からない。

少なくともユーマには居ない。

「……確かに、な」

と秀麗な顔をわずかに歪《ゆが》ませて頷くレオナ。

「……ひどく今更なんだけど、さ?」

とユーマは苦笑を浮かべた。

「もう急ぐ旅でもないんだ。出来たら帰り道……レオナの、グレアムの、ボニーの、ラウニの事を色々聞かせてほしい。皆がどんな風に生まれて、どんな風に生きて、何を想《おも》って、何を感じて、何を考えて——僕と出会ったのか」

「……それは……」

「本当、僕等はそういうの全然話してこなかったでしょ」

とユーマは肩を竦《すく》める。

「もう——本当に、無我夢中だったしさ。そのくせ、皆いざ戦いになったら、当たり前みたいに息が合って。やっぱり託宣に謳《うた》われた仲間なんだなあ、相性が良いんだろうなあとか……なんて、勝手に考えてたけど、それは、独り善がりの思い込みっていうか、皆に僕が甘えていただけっていうか……」

しばらくユーマは眼を瞬《まばた》かせて考えてから。

「皆の事を知る努力を、後回しにしてただけだったなって」

「…………」

「一緒に『冒険』してきた仲間なんだ。何も知らないままお別れするのは、辛《つら》いよ」

——ジャレッドについてはもう遅いかもしれないけれど。

そんな一言を加えて眼を伏せるユーマ。

聖騎士はかけるべき言葉が見つからないのか、無言で手綱を握っている。

そこに——

「呼んだかえ？」

とひょいと馬車の荷台から顔を出すのは、妖精族《エルフ》の魔術師《ウィザード》ラウニだった。

その長い耳は聴覚に優れ、微《かす》かな精霊達の囁《ささや》きすら捉えるという。このがたごとと煩《うるさ》い道中でも、彼女の耳はユーマとレオナの会話を子細漏らさず聞いていたのだろう。

「いや。呼んではいないな」

「つれない言い方をするでないわ」

とラウニは言いながらひょいとユーマとレオナの間に割り込んでくる。ぐいぐいと身体《からだ》を二人の間に差し込んで、耳長の魔術師は上機嫌に上半身を揺らした。

「妾《わらわ》を差し置いて何の話じゃ」

「だから雑談だよ」

とユーマは苦笑する。

「ボニー達と一緒に寝てていいよ」

「もうたっぷり寝たわい」

とラウニは言って。

「グレアムも起きておるぞ」

「そうなの？」

とユーマが振り返ると、丁度、僧侶のグレアムがその大柄な身体をのっそりと荷台の上で起こすところだった。

「そろそろ手綱、代わりましょうか、レオナ」

「いや。私は未だ大丈夫だが――」

「あなたは昨日の焚火《たきび》の晩もしていたでしょうに。寝不足は健康の敵です。凱旋《がいせん》の途中で体調を崩してもつまらないでしょう？」

と言ってグレアムは身を乗り出してくる。

「ともあれ……少しいいですか、ユーマ」

「……僕？」

「ええ。今のお話を踏まえて……一つお願いがあります」

「……お願い？」

とユーマは首を傾《かし》げる。

グレアムがこういう事を言い出すのは珍しい。

僧侶だから禁欲的……という事なのか、彼は自分から、ああしたい、こうしたい、と希望を口にする事が殆ど無い。自分に厳しく他人に優しいというか……自分の欲求よりも、まず、他人の要望を優先する人物なのである。

「王都に行くのには少し回り道になりますが、私の故郷の町に寄っていただけたらと」

見えた。

「グレアムの故郷？」

「はい。馬車でなら明日か明後日《あさって》には着くかと」

そう言って頷くグレアムの表情は——しかし、何故《なぜ》か少し苦いものを含んでいるように、見えた。

●

ワージントの町は緑豊かな山々の裾野に在った。

地形は起伏に富み、田畑も建物も斜面に沿って階段状に造られ、独特の景観を見せる。当然に町の構造は多層を成して複雑になり、他から攻めるのは困難な要害としての側面を備えていた。

それゆえ、ワージントの町は、魔王の軍勢が王国の各所を蹂躙《じゅうりん》している最中にもよく耐えた。町の住人達は近隣の者達とも協力をして、侵入してくる魔族から自分達の住処《すみか》を守ったのである。

だが——

「……どうだ？」

「あいつら、すっかり油断してやがるぜ」

ワージントの町を遠くに望む街道の一画。

しばらくは整備される事も無く、行き交う馬車や牛車も絶えて久しい為、人の背丈もあるような雑草が生い茂るそこで……平穏を取り戻した町の佇《たたず》まいを、不穏な光を帯びた幾つもの眼が見つめていた。

「魔王が託宣の勇者一行に討たれたって話だからな」

「〈精霊の囁き〉があちこちに飛んでるらしいな」

無論、言葉を話す以上、視線の主は獣ではない。

だが彼等《かれら》の目付きは虎視眈々《こしたんたん》といった態で——即《すなわ》ち、獲物を狙う獣のそれに似ていた。飢えをにじませた鋭い目つき。油断すれば即座に飛び掛かってきそうな緊張感が、そこには在る。

「魔族どももすっかりなりを潜めて——」

「どこに逃げやがったんだかな」

ワージントの町を睨《にら》み据えているのは二十人ばかりの武装集団だった。

それぞれ剣だの槍《やり》だの弓だのを携え、身に帯びるのは蝋《ろう》で煮詰めた硬革製《ハードレザー》の鎧《よろい》。その装《よそお》いにまとまりは無く、立ち居振る舞いも品性を欠く。

典型的な野盗山賊の——いわゆる無法者の類だ。

魔王の軍勢が辺境区を蹂躙していた頃は、彼等も人類の一員としてワージントの町の住民と手を組んで戦った。魔族は人類そのものと相いれない化け物だ。それが群れを成して押し寄せてくる以上、協力しない理由は無法者の側にも町の側にも無かった。

しかしある日を境に魔族はぱたりと姿を見せなくなった。

そしてその翌日には〈精霊の囁き〉によってワージントの町に『魔王が勇者一行に討たれた』『人類は魔族との戦争に勝利した』という報が入ったのである。

「仲良しこよしはもう終わりだ」

「今度は俺達が蹂躙する番だぜ。なあお頭」

「ああ――」

と頷《うなず》いたのは――驚いた事に女だった。

その肩幅は広く、腕にも太縄のような筋肉がついている。髪も短めにしている為、その大きく膨らんだ胸が無ければ、男と見まがわれても不思議はない。

目鼻立ちは整っているものの……その顔の右側、額から頰にまで、眼《め》を跨《また》いで走る疵《きず》のせいで、手負いの獣の如《ごと》き、どう猛さがそこには生じていた。

「何やら祭りの準備でもしてるみたいだぜ」

「そっくりそのまま俺達がいただいてやるぜ」

隻眼の女の周りで、厳《いか》つく野卑な雰囲気の男達が笑い声をあげる。

程なくして彼等は油断しているワージントの町に攻め入って、住民の生活を蹂躙するのだろう――そう思われたが。

「お頭――」

何か言おうとしたのだろう、改めて隻眼の女の方を向いた男が――ごつりという鈍い音と共にその場に倒れたのは次の瞬間だった。

「――え」

男達が驚いて固まる。

次の瞬間、雑草を押し分けるようにして二頭立ての馬車が一台、姿を現していた。

どうやら倒れた男は背後から馬の頭突きを食らったらしい。

そして……

「――感心せんのう」

御者台の上でそう言うのは長い尖《とが》り耳を備えた魔術師らしき女だった。

その隣には鎧を帯びて手綱を握る、戦士らしき者の姿もある。

「お、お前ら――!?」

「ど、どうやって？」

と誰何《すいか》する前に男達が問うたのは、こんな『大物』が間近に近づいてきて気づかない筈《はず》が無いから――なのだが。

「どうやっても何も。お前さんらが今、話しておったじゃろ」

と妖精族の魔術師は、にまにまと笑いながら言った。

「精霊魔術じゃよ。音をな。精霊に頼んで消してもらった」

〈精霊の囁き〉のように――音の減衰を防ぎ遥《はる》か彼方《かなた》に言葉を伝える事が出来るならば、逆に身の回りにあるそれを消す事も出来る。派手な攻撃魔術の威力ばかりが強調される事が多いが、精霊魔術の神髄はその応用性の高さにあるのだ。

「――！」

男達は武器を手に身構える。

町を襲う計画を聞かれた。それが計画とも言えないような杜撰《ずさん》で適当なものであったとしても、このまま、この馬車の連中を町に行かせる訳にはいかない。

鎧を帯びた戦士が一人なら、皆で囲めばどうにでもなる。魔術師は呪文を唱える前に押さえてしまえば恐ろしくはない。

そう考えた訳だが――

「馬車の音だけと言った覚えはないぞえ」

と魔術師が言った瞬間。

全員そろって馬車に視線を向ける男達の背後で……それぞれ長剣と、法杖《ほうじょう》と、そして二本の短剣を構えた三つの人影が湧いた。

●

「御兄さんと御姉さんは夫婦なの？」

花束を抱えた童女にそう問われて──ユーマとボニータは顔を見合わせた。

ワージントの町に入ってすぐの事である。

今、この小さな町は、何やら妙に浮かれた空気に満ちていた。

道行く人々の顔には大概、笑みが浮かんでいるし、祭りの準備でもするかのように、右に左にと荷物を持って忙《せわ》しげに動き回っている者の姿もよく見かける。

この童女も、恐らくは何かの準備の為《ため》に花束を抱えているのだろう。

「あ、いや僕達は──」

「えー、分かるぅ？」

とボニータは笑みを浮かべながらぎゅっとユーマの腕に自分の腕を絡《から》ませる。それだけならさておき、身体全体でユーマにしがみつくものだから、胸の感触が二の腕の辺りに生じてしまい、戸惑うしかないユーマであった。

（や……柔らかい……!?）

普段、ボニータは黒基調の肩巻外套《ケープ》の下に、硬革の胸当てを着けていて、あまりその胸を強調する事が無いので、尚更《なおさら》の事である。

そう。今のボニータは、そしてユーマも、戦装束を身に帯びていない。護身用として共に小剣を腰に提げているが、この程度なら辺境区を旅する者としてはむしろ標準の装備なので、目立つ事も無い。

「ちょっ――ボニー？」

「この間、結婚したばかりなんだ」

「あ、そうなんだぁ！」

と童女はぱっと顔を輝かせると、花束から二本、花を引き抜くとユーマ達に手渡して来た。

「御兄さんと御姉さんに――良き来年がありますことを」

「来年？」

とユーマが首を傾げると、童女はこくこくと頷いて。

「来年。来年くらいにはいい報《しら》せが来ますようにって」

「……報せ……？」

「あー、あー、そうね、そうね！」

とボニータがユーマの腕から身を離すと、童女の前に跪《ひざまず》いて眼の高さを合わせる。彼女はそのまま童女の頭を撫《な》でながら──

「君みたいな可愛《かわい》い子を授かると御姉さん嬉《うれ》しいなあ」

「えへへ」

と童女は可愛らしくはにかんで笑う。

ボニータは立ち上がって再びユーマの腕にしがみつきながら──

「十月十日《とつきとおか》。大体は来年になるでしょ。ここらの新婚夫婦への祝いの言葉だよ、多分」

と囁《ささや》いてくる。

「え？　あ、あ、あああああああ？」

とユーマは頬を赤らめて声を上げるが、ボニータの拳が陰でぐりぐりと彼の脇腹を抉《えぐ》ってきたので、とりあえず口をつぐんだ。

「明日ね、明日、うちの村でも結婚式するんだよ！」

とまるで我が事の如く嬉しそうに、童女はユーマとボニータを見上げながら言った。

「御兄さんと御姉さんも、祝福してあげて！」

「あ、うん。そうだね」

「勿論《もちろん》だよ！」

とボニータは言って——

「じゃあ、なんか準備をしてるのって、その結婚式の？」

「そう！」

と童女は頷いた。

「魔王が討たれたから、ずっと先延ばしになってた結婚式を、する事になったの！」

「そっかあ！　そうだよね！」

とボニータは如才なく童女に話を合わせる。

この辺りは斥候兵《レンジャー》としての基礎技術だ。敵地に潜入する事もある関係で、ボニータは頭の回転が速いというか……判断力に優れ、更には周囲の状況に合わせて、咄嗟《とっさ》に嘘《うそ》を並べ立てるのが非常に上手《うま》い。

ユーマと新婚夫婦だという嘘もその一環だ。

実際——

「私達もそうだったから！」

「そうなんだ！」

と童女と何やらもう意気投合している。

「本当、勇者御一行様様よね！」

「うん！」

「じゃあさ、じゃあさ、結婚式の準備を仕切ってるのは、僧侶様？」

「そうだよ。ブリンドル様」

「ちょっとその僧侶様に会えないかな。私達、略式で結婚したから、僧侶様から祝福の言葉貰《もら》ってないんだよね」

「そうなんだ、大変！」

と童女はボニータの嘘を真に受けて眼を丸くする。

そして――

「ブリンドル様――！」

とその場でいきなり手を振り始める。

「――え？」

とユーマが目を丸くしている間に――童女の声に応じ、髪を短く刈り込んだ大柄な男が、木材を肩に載せたまま近づいてきた。

「どうしたねミシェル？」

そう問う男は——よく見れば既に髪も口許《くちもと》に蓄えた髭《ひげ》も全て白い。力仕事をしているのだと、その体軀《たいく》のせいであまり年老いているようには見えなかったのだが。

「この御兄さんと御姉さんも、結婚したばっかりなんだって」

「ほうほう。それはそれは。あなた達に良き来年があらん事を——」

「でも僧侶様からの祝福を貰ってないんだって」

「なに。それはいけない。それはいけないよ」

と男は——ブリンドルと呼ばれた僧侶は何度も頷《うなず》いた。

頷く度に肩に載せたままの木材まで上下する為、ユーマとボニータはこれに脳天を叩《たた》かれないよう、身をかわす必要があったが、それはさておき。

「名乗りが遅れましたな。僧侶のアラン・ブリンドルです」

「えっと……」

「彼がユーゴ・ライアン、私がブレンダ・ライアンです！」

ユーマがどう名乗ったものかと悩んでいる間に、ボニータが咄嗟にひねり出した偽名でそう自己紹介する。

(そういえば僕等《ぼくら》、互いの姓も知らないんだよね)

名前なんて戦う際に呼び合えれば何でも良かった。

また――かつて存在した奴隷制度の名残から、姓を持たない、あるいは姓を名乗るのを嫌がる者も少なくなかったので、庶民の間で殊更に姓を問うのは不躾《ぶしつけ》であるとする風潮もある。

なので――あるいはボニータの名乗った『ライアン』が彼女の本当の姓である可能性もある訳だが。

「よろしければクリフとヘレンの――ああ、明日に結婚式を挙げる二人なのですが、その者達の式場をそのまま使って」

「え、いいんですか⁉」

「いや、いやいやいやいや、駄目だよそれは悪いよ⁉」

笑顔でアランの提案に乗ろうとするボニータを慌てて止めるユーマ。

元々は単に勇者一行という身分を隠して、この町に『警告』を届けに来ただけなのだ。

ただでさえ嘘をついているこの状態で、『新婚夫婦として』僧侶の正式な祝福まで受けてしまっては、罪悪感で夜も眠れなくなってしまいそうな気がした。

「僧侶様まで力仕事して町総出でやる結婚式なんでしょう？　そのクリフとヘレンって方は、何か特別な――」

「ああ、いえいえ、まったく」

とアランは笑顔で首を振る。

「元々は……魔族との戦いで殺伐とした空気を、払拭《ふっしょく》したいと皆が言い出した結果、またま、クリフとヘレンの結婚式にかこつけてお祭り騒ぎになっているだけでしてね」

「あ……ああ、そ、そうか、そうなんですね」

人類総員戦争状態だった時期に、結婚式などやっている余裕がある筈《はず》もない。

だが日々、襲い来る魔族との戦いに明け暮れていると、どうしても人間の心は荒《すさ》んでいく。元は職業軍人でもない人々なら尚更の事である。

だからこそ、戦争が終わった今、何か口実を作って祝いの席を設けたい、という事なのだろう。

「本当はグレアムさんが帰ってくるまで待とうって言ってたのにね」

と――不意にミシェルと呼ばれた童女がその名を口にする。

「――え？　グレアム？」

と思わず声を上げたユーマの横腹を、また陰でボニータの拳が抉った。

「ああ。ご存じですか」

「ええ、ええ、〈精霊の囁き〉で勇者様御一行のお名前はよく――」

とボニータが笑顔を取り繕って言う。

魔族との戦争の間、人々に希望を与える為、王国は頻繁に魔術を用いて『戦争を終わらせる託宣の勇者一行』の宣伝を行ってきた。ユーマ達にもその宣伝材料として、定期的に状況を報告するようにとの要請が来ていた。

勿論、魔族側にその活動の詳細を知られてはまずいので、その容姿や現在位置までは伝えてはいなかったのだが。

「勇者様ってすごいよね」

とミシェルが表情を輝かせて言った。

「コルボーンの谷じゃ、百匹の魔物を一人でやっつけちゃったんでしょ？」

「ああ、いや……」

曖昧にユーマは笑う。

コルボーンの谷で、仲間と一時的にはぐれた彼が、魔族の軍勢と単身戦う事になったのは事実だ。ただしその時にユーマが無我夢中で斬り倒した魔族が、果たして何体であったのか彼はそもそも数えていない。

後に〈精霊の囁き〉での宣伝材料を求める王国側に、細かい数字を調べるのを面倒臭がった魔術師のラウニが、適当に『敵は百匹』として送っただけである。

実際には、少なくともその倍は居ただろうが……いちいち訂正するのも何だか違う気がしてそのままになっている。

(バケモノみたいに思われても嫌だしね)

実際に戦っている場面を村人に間近で見られた事があるが。

魔族の返り血を浴びまくった彼に対し、助けられた筈の村人は地に伏して『殺さないで』と懇願してきた。彼の戦いっぷりがあまりに凄《すさ》まじく、かつ、圧倒的で、自分達までその場の勢いで殺されてしまうのだと思われたらしい。

ともあれ――

「託宣に謳《うた》われた勇者様の、五人の従者――その一人が恥ずかしながら、私の養子でして。亡《な》くなった親友夫婦の子を引き取って育てていたのです。今回結婚するヘレンも同じく養子で、グレアムとは兄妹《きょうだい》になります」

「それは……」

思いもよらぬところからグレアムの過去の話がまろび出てきた。

「クリフは彼やヘレンの幼馴染《おさななじみ》でしてね。グレアムは二人の結婚式は自分が執り行って祝福を述べるという約束をしていたそうで」

「…………」

さすがにボニータも何か思うところがあったのか、ユーマと顔を見合わせる。

このワージントの町に立ち寄りたいと言ったのはグレアムだ。

だが彼は――いざ着いてみると、何故《なぜ》か、町に足を踏み入れるのを嫌がった。

だから町のすぐ傍《そば》で見つけた野盗だか山賊だかを成敗した後、ユーマとボニータだけが旅人を装《よそお》って町の中に入ったのである。

（約束を果たす為《ため》に還《かえ》って来た訳ではなくて……？）

だとしたら、何故、グレアムはこの地に寄りたいなどと言い出したのか。

「ですが息子は帰ってくる様子も無く、そもそも魔王討伐の際に生き残ったのかどうかすら分からず……」

「大丈夫、彼は――ぐえ」

また横腹を抉《えぐ》られて呻《うめ》くユーマ。

それに気づいているのかいないのか、アランは苦笑を浮かべ――

「〈精霊の囁《ささや》き〉でも細かい事は何も。で、町の皆は早く結婚式を、と急《せ》かすものですから。町全体に祝ってもらえるとなると、二人もそれを断りづらいらしく」

とアランは説明する。

「それは……心配でしょうね、息子さんの事」

とユーマが言うと、アランもミシェルと呼ばれた童女も首を振った。

「グレアムさんなら絶対生きてるよ」

「殺しても死なない頑健さが取柄でしたのでね。まあ先に王都へ、魔王討伐成功の報告に行っただけなのでしょう」

と尚《なお》も木材を肩に載せたまま平然としているアランが言うと、実に説得力がある。血は繋《つな》がっていないようだが、実の親より育ての親の影響を強く受けて育つ、という事もあるだろう。

ともあれ――

「あの。とりあえず結婚式をするって話は分かったんですけど」

ユーマはボニータと目配せしてから、ワージントの町に入った本題を切り出した。

「お祝い気分に水を差すようで気が引けるんですが」

「……ふむ?」

「ここに来る前に……山賊だか野盗だかよく分からないですけど、武装した連中を見かけました。魔族が居なくなって、皆さんが気が緩んだのを狙ってくる事だって考えられますから――どうか」

お気をつけを――そうユーマは言いたかったのだが。

「ああ。モニカ達ですね」

とあっさりアランが言った。

「――え？」

「町の悪ガキどもが徒党を組んでいるだけです。元々は盗みはするわ、ところかまわず喧《けん》嘩《か》はするわで、鼻つまみ者ばかりだったんですが。魔族の軍勢が攻めてきた時は皆、一致団結して戦った仲間ですよ」

「…………」

「そういえば連中の姿をこの数日見てませんね。飲み食いよりも暴れるのが好きな連中ですから。結婚式の準備に駆り出されるのが嫌で逃げ出したのかもしれません」

「……はぁ」

むしろその『モニカ達』の事を話すアランの口調と表情には、親愛含みの呆《あき》れのようなものすらうかがえた。

「もしあなた達が町の外で、また連中と出会う事があったなら、せめて式の後の宴会には顔を出すように伝えていただけませんか」

「……分かりました」

何か拍子抜けしたような気持ちで、ユーマはただそう言った。

「——お前、グレアムだろ！」

ユーマとボニーが、ワージントの町の外に停《と》めた馬車のところに戻った際。

捕縛した山賊だか野盗だかの中に、ただ一人交じっていた女が……僧侶のグレアムに喰《く》ってかかっていた。他の男達と同様に縄でぐるぐる巻きにされながらも、それを引きちぎって襲い掛からんばかりの勢いである。

しかも——

「……何なのこの状況？」

と眉をひそめて尋ねるボニータ。

「おかえり。グレアムが連中の怪我《けが》を癒《いや》したのだが」

と言うのは少し離れたところに立っているレオナである。

「いやそれは分かるけど。なんで兜《かぶと》をグレアムが被《かぶ》ってるの」

とユーマが指摘した通り。

何故か僧侶のグレアムが兜を頭に被り、面頬まで下ろしている状態だった。

着ているのが僧侶の法衣《ほうえ》なので、非常に違和感があるというか——まるで牛の身体《からだ》に馬の首を継いだかのようなちぐはぐ感が強い。

「………」

「顔背けるな、こっち向け‼」

何やら気まずそうに明後日《あさって》の方向を向いているグレアム（兜付き）に、その女は――恐らく彼女がアランの言っていたモニカなのだろう――さらに怒鳴った。

「何やってんだよお前は！　還ってきたなら堂々と町に顔出しゃいいだろが！　それを――」

とそこまで言って。

「……そうか」

にい、と獣のように歯をむいてモニカは笑った。

「奪いに来たんだな？」

「…………」

グレアムの大柄な体軀《たいく》がびくりと震えた。

魔族の軍勢を前にしても小動《こゆるぎ》もしなかった、重戦士の如《ごと》く頼れる僧侶が――だ。

「そうだろ。奪いに来たんだろ、花嫁をよ？」

「…………」

「そうだろうなあ、そうだろうよ！　そりゃ顔晒《さら》してちゃ、そんな無法は出来ねえよなあ！」

そう叫ぶモニカは何故か妙に嬉《うれ》しそうで。

「ナンノコトデショウカ」

とひどい棒読みの台詞《せりふ》が兜の仮面の下から零《こぼ》れ落《お》ちる。

「ボク、グレアム、ジャナイ、ヨ」

「……感情を殺し過ぎて、グレアムが動像《ゴーレム》みたいな喋《しゃべ》りになっとるのぉ。愉快愉快」

と馬車の荷台の上に腰かけながら笑うのはラウニである。

「これが見られただけでも、この町に寄った甲斐《かい》があるというもの」

「……悪趣味な」

とレオナが溜息《ためいき》をつく。

「……っていうか、顔見知り？」

と、足元にぐるぐる巻きになって転がされている男の一人にユーマが尋ねてみれば、彼は曖昧な笑みを浮かべて頷《うなず》いた。

「じゃあやっぱりあの女がモニカな訳だね」

と腕を組んで言うのはボニータだ。

「——あ？　なんで貴様、アタシの名を……いや、そうか、グレアムから聞いたのか？」

耳ざとく聞きつけたらしいモニカがユーマ達の方に顔を向ける。

「違うよ。町の、アラン・ブリンドルって僧侶様から聞いた」

とボニータが答えると、また、びくりとグレアムが身を震わせる。

それをどう思ったか——

「町じゃ、クリフとヘレンって人達の結婚式の準備に大わらわって感じだけど。知ってる人？」

とユーマが問うたのは、モニカに対してか、それとも、グレアムに対してか。

しばらくグレアムは何事か考えている様子だったが。

「…………」

「……アラン・ブリンドルは私達の養父で、クリフとヘレンは私の……私達の、言ってみれば、幼馴染、です」

と兜を脱ぎながら言った。

それ自体は、ユーマもボニータもさして驚くような話でもなかったが。

「けっ——誰があんなクソジジイを親だと」

とモニカが言ったのには驚かされた。

つまり――

「ひょっとして、その人」

「はい」

ユーマの問いにグレアムは溜息をついて言った。

「モニカは私の妹です。ヘレンもですが。皆、ブリンドル様の養子なのですが、モニカはもう五年も前に、教会を飛び出して――」

「…………」

さすがにその話は気まずいのか、今度はモニカが明後日の方に顔を背ける。

その際に――彼女の髪が揺れて、ラウニ程に長くはないが、尖《とが》った耳が見えた。

「半鉱精族《ハーフドワーフ》の妹とは、これはまたけったいな家族構成じゃな。母親あたりは魔族にしておけば、つり合いがとれるかもしれんの」

「ふっざけんな、この空気頭《バブルヘッド》！」

とモニカが歯をむいてラウニにまで食って掛かる。

ちなみに……風の精霊の加護を受けて軽やかに木々の間を駆け抜ける妖精族《エルフ》に対して、『まるで頭まで空っぽのようだ』という事で『空気頭』と評するのは、鉱精族《ドワーフ》定番の悪口である。

　ともあれ――

（ああ、アランさんがモニカさんの事を、あまり悪しざまに言ってなかったのは……）

　彼女等《かのじょら》の事を語るアランの口調や表情に、ある種の親愛がにじんでいたのは、彼女もまた、彼の子供だったからなのだろう。

　あるいは彼にとっては――ミシェルに向けた慈父の如き表情を想《おも》えば、ワージントの町に住む若者は、皆、自分の子供のようなものなのかもしれない。

「グレアム。別に詮索したい訳じゃないんだけどさ」

　とユーマは――馬車の上のラウニを、視線だけで射殺せそうなくらいに強く睨《にら》むモニカを一瞥《いちべつ》してから、この一年で数えきれない程に世話になった僧侶に問うた。

「どうして、この町に、今、戻りたいって思ったの？」

「…………」

　グレアムはしばらく自分の中で言葉を探していたようだったが。

「自分でも……よくは分かっていないんですよ」

　そう言って何処《どこ》か哀《かな》しげな苦笑を浮かべた。

グレアム・ブリンドルはアラン・ブリンドルの養子だ。

元々グレアムは僧侶アランの友人であった夫妻の忘れ形見である。彼等《かれら》は突発的な土砂崩れに巻き込まれて亡《な》くなったが、生前より自分達に何かあれば息子を頼むと言い置いていた。

「随分と身勝手な話にも聞こえるが」

というのはレオナである。

だが――

「……国政の手が、特に福祉が行き届かない辺境区では、珍しい事ではありません」

馬車の脇に設けられた焚火《たきび》を皆で囲みつつ、グレアムはそう言った。

焚火の周りにはユーマ達が集っており、少し離れた場所にはモニカが率いていた男達が縛られたまま転がされている。

モニカ本人はグレアムのすぐ後ろに転がされていたが、彼女は頑《かたく》なに焚火に背を向けて、話を聞くのを拒んでいるようだった。

「うん。そうだね」

とユーマが頷くのは、彼もかつて自分が暮らしていた辺境の開拓村で同様の事例を見たからだ。

事故や失踪などで親の庇護《ひご》を受けられなくなった子供達を、その地に根付いた教会関係者が引き取り育てるのは、珍しい事ではない。

実際、アランはグレアムの他にも二人、親の無い子供を育てていた。

ヘレンと――そしてモニカ・ブリンドルだ。

彼女は鉱精族と普人族を各々親に持ち、双方の特徴を備えるが故にどちらの社会にも馴《な》染《じ》めないまま、親が失踪して独り遺《のこ》されたらしい。

「モニカも。それからヘレンも、そんな私の家族でした」

「……それって」

とボニータが眉をひそめながら言った。

「これから結婚するってその人、グレアムの妹さんな訳でしょ？　聞いたよ。二人の結婚式、グレアムが取り仕切るって約束してたんでしょ。戦争が終わって、ようやく結婚するって分かったから、出席する為《ため》に、お祝いする為に、戻ってきた？」

「…………」

だがグレアムは首を振った。

その厳《いか》つい顔にはひどく沈鬱な表情が浮かんでいる。

「そりゃそうじゃろうて」

とラウニが長めの枝で焚火を掻《か》きまわしながら言う。

「それなら〈精霊の囁《ささや》き〉なりなんなりで魔王討伐の凱旋《がいせん》を告げておるじゃろ。わざわざ自分が還《かえ》ってきた事を隠したりはせんよ」

「でもじゃあどうして？」

「私にその資格はありません」

とグレアムは短い溜息をついて続けた。

「教会の近くに住む猟師の倅《せがれ》がいましてね。クリフというんですが」

「それってヘレンさんと結婚する――」

「ええ。幼い頃からクリフは私達兄妹《きょうだい》とよく遊んでいて」

それは――それだけはグレアムにとって懐《なつ》かしむべき記憶なのだろう。懊悩《おうのう》の色濃い彼の横顔に、ふと、柔らかな笑みが過《よぎ》った。

「本当に、彼は……皆によくしてくれた。気のいい奴《やつ》で」

「……けっ」

と吐き捨てるような声を上げたのはグレアムの背後に転がっているモニカだった。背中を向けてはいても、話は聞いていたらしい。

「クリフが皆によくしてたのはヘレンに逢《あ》うついでだろうが」

「……まあそういう考えもありますが」

とグレアムは『妹』の発言に苦笑する。

「父の――アラン・ブリンドルの教えです。たとえ中身が善人であっても、悪人を演じて悪を行えば、それは即《すなわ》ち悪人です。逆もまたしかり」

「それは――」

「人の心は分からない。時には本人でさえも。打算があろうとなかろうと。だから常日頃から正しき行いをしなさいと……たとえ偽善でも続ける事で本当の善になる事もあると」

「……それは」

と――何処か複雑そうな表情を浮かべるのはボニータだ。

その意味はユーマには分からなかったが――

「彼が教会の子等によくしてくれたのは事実です」

とグレアムは言った。

「クリフはいい奴なのです。私はそう思います。だから彼から『ヘレンが好きだ』と言われた時も、私は彼を応援しました」

そう続けて――グレアムは足元に積まれた枯れ枝の一本を手に取る。

べき、と音を立てて、太めのそれが折れたのは、次の瞬間だった。

「応援するしかなかったんですよ」

「…………」

「養子とはいえ私はヘレンの『兄』です」

折った枝を、殊更に雑に投げて火にくべるグレアム。

何かを——無理やりにでも、振り捨てるかのように。

「まして私は物心ついた時から父の跡を継いで僧侶《プリースト》になると決めていました。父にも眼《め》を掛けてもらって、教義は勿論《もちろん》、皆の助けになるようにと法術を教えてもらいました」

アランは自分の養子達に教会の教えを強要しなかったという。

正確には敬虔《けいけん》な信徒たれ、僧侶たれ、とは教えなかった。

信仰は自発的にその身の内から湧き出るべきもので、親に無理強いされるものではない、と。だからこそ自分から僧侶になって跡を継ぐと言い出したグレアムをことのほか、可愛《かわい》がったのだろう。

だが——

「僧侶が孤児を引き取るのは、教義で妻帯が禁じられているからです。いや。逆に孤児を引き取って育てる事が多いからこそ、実子との間に差別が生じないようにと、妻帯が禁じられたのかもしれません」

「……そんな無茶な」

とユーマは言うが。

「どちらが先かはさておき、そういうものなんですよ。そういうものだと皆が思っています。私もそう思っていました。なのに私は――」

グレアムの唇にどこか苦しげな歪《ゆが》みが生じる。

それが自嘲の笑みなのだとユーマが気付いたその時、この『奮闘聖職者《ストラグル・クレリック》』は何度も首を振ってから言った。

「ヘレンに恋慕の情を、いえ、抑え難《がた》い劣情を、抱いてしまった」

●

ぎしりと床板が音を立てる。

まるでこれから起こるであろう出来事に異を唱えるかのように。

「…………」

窓辺から入り込む月光が長い長い影を床に、そして壁に描き込んでいた。

ヘレンの部屋は隣だ。

二つの扉の距離は、グレアムの歩幅ならわずかに三歩。

なのに一歩の距離がひどく曖昧に感じられる。遥《はる》かに遠いような、意外に近いような、とにかく訳が分からない気分だった。一歩毎《ごと》に軋《きし》む床板が尚更《なおさら》その事を強調する。

「…………」

息が苦しい。

寝床で横になっても眠れない。眠れない事に苛立《いらだ》って余計に眠気を感じない。やがて衝動に促されるまま部屋を出てしまった。

「ヘレン……」

ずっと一緒に育ってきた『妹』だ。

『兄』であるグレアムに彼女はよく懐いた。

グレアムも彼女を可愛がった。

早々にアランと揉《も》めて教会を出ていったもう一人の『妹』のモニカと同じく、グレアムは彼女の事を愛していた。何かあればすぐに相談に乗ったし、養親のアランに叱られるような悪戯《いたずら》をヘレンがしでかせば、自分がやったと誤魔化したりもした。

幼い頃は『大きくなったらグレアム兄ちゃんと結婚する』とヘレンは言っていた。

仲の良《い》い兄妹だった。

仲が良すぎたとも言えるだろう。

「……私……は……」

昨日、幼馴染《おさななじみ》のクリフがヘレンに告白をし――ヘレンがそれを受け入れた。

どちらも真面目で誠実な人間だ。

一時の関係ではなく、そう遠くない未来に二人は夫婦になるだろう。ましてやグレアムの眼から見てもクリフは律儀《りちぎ》で優しく、猟師としての力量も備わっていて、ヘレンの相手として理想的な男だ。

だから自分も心から二人の関係を祝福できる――できるものだと思っていた。

なのに今更のように気づいてしまった。

自分は……ヘレンを異性としても愛しているという事に。

クリフに渡したくない。

クリフの妻になるなどと――ヘレンが自分以外の男の妻になるなどと考えたくもない。

ヘレンが自分以外の男を愛するなど、自分の注いできた愛情への手ひどい裏切りではないか、そんな考えすら脳裏をかすめた。

「…………」

これはだから……裏切りに対する報復で。

自分のこの行為には正当性がある。

そんな風にさえ頭の片隅で考えている自分に、グレアムは怯《おび》えた。

怯えながらも、三歩歩いてヘレンの部屋の前に立った。

「ヘレン——」

グレアムの部屋もヘレンの部屋も同じ造りでそう大きくは無い。

寝床は扉の正面の窓際《まどぎわ》、中に入ればそれこそ二歩で辿《たど》り着《つ》く。

後は——

「………」

そっと扉を開く。

脳裏に思い描いた通り、扉の正面、部屋の奥にヘレンは眠っていた。

自分の股間が熱を帯びているのが分かる。滾《たぎ》る劣情のままに彼女の上に覆いかぶさり、服をはぎ取り、その身体《からだ》を貪りつくしたい。そんな獣じみた欲望がじわじわと胸の奥からしみだしてくる。

もうここまで来たら言い訳はきかない。

グレアムは荒い息を押さえ、生唾を呑《の》み込んで、右手を寝床に眠る『妹』に伸ばしていって——

「…………ッ⁉」

それは唐突に来た。

伸ばした右手が――その甲が熱を帯びる。

いや。燃えた。燃えたように見えた。

痛みは一瞬。

だが発生した青白い炎は、グレアムの右手の甲に、奇妙な、しかし精緻な紋章を刻んで、すぐに消えた。

「ぐっ…………？」

痛みよりも何よりもその奇怪な現象にグレアムはよろめいた。

一歩後ずさり、ヘレンの部屋から出ると、身体全体で扉を閉める。

「……兄さん？」

扉を閉めた音で起きたのか――眠たげなヘレンの声が扉越しに聞こえる。

だがグレアムには妹に応じている余裕などなかった。

「………これ……は………！」

ヘレンの部屋の扉に背中を預けてその場に座り込む。

改めて見た自分の右手の甲には……教会に住む者ならひどく見慣れた記章《シンボル》、それとよく似た、しかしどこか違う図案、紋章のようなものが描き出されていた。

既に痛みは無い。

だが――

「これは………」

「兄さん？　グレアム、どうしたの、兄さん？」

ただならぬ空気を感じ取ったのか、扉の向こうからヘレンが呼び掛けてくる。

愛《いと》しい妹の声を背中で聞きながら、しかしグレアムは――

「………これ、は」

笑えばいいのか。泣けばいいのか。

それすらも分からない。

まるで妹を襲う瞬間を狙ったかのように生じた奇跡――聖痕《スティグマ》。

妹に手を出す事への制止なのか。あるいは邪《よこしま》な劣情を抱いた事への懲罰か。

左手でこすってもこすっても、それは消えず。

そして――

「……私は…………！」

罪人に施される烙印《らくいん》じみたそれが、『託宣に告げられた勇者の仲間』の証《あかし》であるとグレアムが知るのは、それから二日後の事だった。

●

「――私は兄なのに、僧侶なのに」

グレアムははっきりと自嘲の笑みを浮かべながらそう言った。

「許されざる行為に、邪淫に及ぼうとした。最低です」

「………………」

焚火《たきび》を囲みながら――ユーマ達は元より、モニカも、彼女の仲間達も無言である。

『託宣に謳われた勇者とその仲間』は世界を救った英雄だ。そんな人物の今更ながらの告白に誰もが何を言ってよいのか、分からなかったのだろう。

やがて――

「それで、グレアムはどうしたの？」

沈黙の重さに耐えかねてユーマはそう問うた。

それがグレアムの心の傷を抉《えぐ》るような行為であるとは気づきながらも、尋ねずにはおれなかったし、グレアムも尋ねられるのを待っていたのだろう。

だが――

「……この馬鹿は」

焚火に背中を向けながら言葉を繋《つな》いだのはモニカだった。

「逃げたんだよ。『勇者一行』に加わるってのを口実にさ」

「……え？」

と驚きの声を漏らしたのはユーマだけで。

他の者達は恐らく察していたのだろう。

「臆病で、卑怯《ひきょう》なやり方です」

とグレアムは自嘲的に言った。

「本当に心からヘレンの事を愛しているなら、世界中から非難されたって構わないくらいに彼女の事が欲しかったなら、私はそのままもう一度彼女を襲えば良かったんです」

「それは――」

「けれど私はそうしなかった」

長い溜息《ためいき》の後、グレアムは小さく首を振った。

「私の中のヘレンへの気持ちはその程度でしかなかった。あるいはそれは身勝手な独占欲でしかなくて、本当は愛や恋ですらなかったのかも」

「…………」

「そんな醜い自分と向き合うのは辛《つら》い。だから、これ幸いと」

言ってグレアムは手袋を脱ぐと、右手の甲にある『聖痕』を示して見せた。

「自分を止めてくれたこの――聖痕を言い訳にして」

ある種の烙印のようにも見えるそれは、しかしよく見れば傷痕ではなく、刺青《いれずみ》のような肌の上に描き出された紋章なのだと分かる。

託宣が告げる『勇者の仲間』の証だ。

「ヘレンの前からも、クリフの前からも逃げたんですよ。モニカの言う通りです」

「グレアム……」

「世界を救う大義っていうのは、その時の私には……魅力的に思えたのですよ」

自分で選ぶ訳ではない。選べる筈《はず》もない。

選択の余地など無い。

何故《なぜ》なら世界を救わないなら、その先にあるのは破滅だけだから。

「だから、惚《ほ》れた女に手を出さずに逃げるのだって、仕方ない。惚れた女が他の男と結ばれる場面を見なくてもいい。妹に手を出そうとした卑《いや》しい自分と向き合わなくてもいい、今はそれどころじゃないから――そういう言い訳が、出来てしまう」

低い嘲りの笑い声が焚火の上に弾《はじ》ける。

それはグレアムの口から洩《も》れていた。

「なんて卑しいんだと。なんて醜いんだと。でも魔王を討つまでは必死でそんな事を考える余裕も無くて、だから……魔王討伐の旅は、すごく、その、楽でした」

「…………」

やはりユーマ達からもモニカ達からもグレアムを責める言葉は出ない。

もっとも彼を責めているのは彼自身だと、誰もが分かっているからだろう。

「申し訳ありません、ユーマ。私はその程度の俗物なんですよ」

グレアムは肩を竦《すく》めて見せた。

「世界を救うなんて器じゃない。それが何の間違いか、あなたの偉業の手助けをする栄誉を賜りましたが……私の中に在ったのは崇高な使命感ではなくて、ただ、ひと時でも楽になりたい、そんな卑怯者の欲望でした」

「…………」

一同は黙ってただ焚火が弾ける音を聞きながら、しばし、グレアムの話の続きを待った。

今度はさすがにモニカも無言のままだ。

やがて——

「……先程、ユーマにどうして帰ってきたのか、と問われましたが」

グレアムは木の枝で焚火を掻《か》きまわし続けながら言った。

「皆にお話ししてみて、自分でもようやく分かった気がします。いや。本当に教会の懺悔《ざんげ》室ってよく出来た仕組みですよ。口に出す、言葉にすることで、曖昧な何かが、意識的に取り扱えるものになる」

そういう彼の口調は……どこか他人事《ひとごと》を語るかのように、今や落ち着いていた。

曖昧であるからこそ、向き合う事も難しい。

正体が分からない敵だからこそ、戦う術《すべ》を見いだせない。

だから――

「ヘレンとクリフの結婚式を見届けなければ、私は、いつまでもいつまでも逃げているだけの存在になってしまう。自分の抱いた邪な気持ちも、卑怯な行為も、全てひっくるめて、償うにしても、受け入れるにしても、ケリをつけなければ、一歩だって先に進めなかったんでしょう」

言いながらグレアムは焚火の中から焼けた石を一つ掻き出《だ》した。

「その上で私はただの一人の男に戻ります」

淀《よど》みなくそう言いながらグレアムは手の甲を――そこに刻まれた聖痕を、その石に躊《ちゅう》躇《ちょ》なく圧《お》しつけた。

肉の焼ける音と匂いが立ち上り――

「グレアム⁉」

とユーマとボニータが驚いて腰を浮かせるが、あるいはレオナやラウニは彼がやろうとしている事に気が付いていたのか、止める様子すら見せない。

「そもそも父のような立派な僧侶になる資格も無いのですよ、邪で卑怯な私には。最早《もはや》『勇者の仲間』ですらない、ただの、一人の、男に過ぎない。何もかも棄《す》てて、そこから――全部、やり直しです。その決意を固める為《ため》に、私は戻ってきたのでしょう」

それがグレアムが自分自身に下した罰であり救いでもある。

「…………」

ユーマ達が沈黙していると、代わりに彼等《かれら》を囲むように幾つもの人影が湧いた。

「――！」

いつの間に、とユーマらが驚く隙も無く、縄で縛りあげていた筈のモニカの仲間達は、グレアムを囲むようにして腰を下ろして、次々にその肩を叩《たた》いていく。

「今夜は飲もうや。なあ、兄貴」

「あ、兄貴？」

と突然の『兄貴』呼ばわりに戸惑うグレアムだが。

「姐《ねえ》さんの兄貴なら俺等の兄貴も同然だろ」

と男達はモニカの縄も解きながら言う。

「っていうかどうやって、縄――」

と訝《いぶか》しむユーマの視界の端で、ラウニが杖《つえ》を軽く振るのが見えた。

「――ラウニ」

呆《あき》れた様子でレオナが言うのは、妖精族《エルフ》の魔術師《ウィザード》が、〈精霊の短剣〉と呼ばれる攻撃魔術をこっそり唱えて、男達の縄を斬ったと気づいたからだろう。

恐らく一連の話を聞いた男達が、もうグレアムと敵対する気が失《う》せているという事を察した上で。

「ですが僧侶に飲酒は――」

「もう僧侶でも何でもない。ただのグレアムではないのか？」

とラウニはからかうように言う。

「そうだね。確かにそう言った」

とボニータが笑って頷《うなず》き。

「私も聞いたな。そして私の知るグレアムは二言の無い男だ」

とレオナも生真面目な表情で頷き。

「そうだね。僕の知っているグレアムは、そういう人だよ。時間はかかっても、何度立ち止まっても、きちんと、自分の言葉や行動に責任をとれる人だよ」

最後にユーマがそう言ってグレアムの肩を叩いた。

●

クリフとヘレンの結婚式はつつがなく行われた。

「──二人に良き来年、良き報《しら》せがあらんことを」

締めくくりの言葉と共に、広場には歓声が湧く。

元々近隣の町からも人を呼んでいたようで、広場は式の後の宴《うたげ》に参加する人々でごった返していた。

「ありがとう。ありがとう」

クリフとヘレンは結婚衣装に身を包んだまま、広場を歩き回り、祝辞を投げてくる人々に礼を言い続けている。

どちらの顔にも晴れやかな喜びの笑みが浮かんでいて、そこには何の陰りも無い。無いように見える。

だから——

「おめでとうございます」

自分達のついている卓に二人が近づいてきた時、素直に、心からそう言った。

「ありがとう。ええとあなたは——」

と亜麻色の髪を三つ編みに編んで、花輪の髪飾りを着けているヘレンが首を傾《かし》げる。卓についている五人の顔に、一人を除いて見覚えが無かったからだろう。

「ごめんなさい。モニカ姉さん。この方達は？」

「あー……」

とモニカは何か気まずそうに眼《め》を逸《そ》らして。

「町の外でな。魔族の生き残りがいないか警戒して回ってたら、出くわした旅行者だ。その二人が新婚らしくて、自分達もヘレンとクリフを祝いたいって——」

「それはそれは」

と黒髪を短く刈り込んだ、朴訥《ぼくとつ》な雰囲気の青年が、ユーマと、殊更にその腕にしがみついて新婚っぷりを演出しているボニータに、笑顔を向ける。

「あなた達にも来年の良き報せがあらん事を」

「ありがとう」

とユーマは返してから。

「あの。一つ聞いていいですか」

「ええ。なんでも」

とヘレンが応じる。

ユーマは、慎重に言葉を選んでいった。

「お兄さんの事をどう思いますか？」

「……グレアム兄さんの事ですか？」

ヘレンはそう口にしてから――大輪の花が咲くかのように明るく笑った。

「自慢の兄です！」

即答して――彼女は結婚式で使われた祭壇の方を振り返る。

そこでは式を執り行った白い法衣《ほうえ》姿のグレアムが、やはり法衣姿の養親アラン共々、後片付けをしている姿が在った。

彼はヘレンの、そしてユーマ等の視線が自分に注がれている事に気が付くと、微苦笑を浮かべて片手を上げる。

「兄は勇者様と一緒に旅に出て、世界を救った英雄です」

「……そうらしいですね」

ユーマは曖昧な笑顔で頷く。

ここでは彼はボニータの夫であって勇者ではない――そういう事になっているから。

「しかも、約束通り私達の結婚式を祝ってくれる為に駆け付けてくれたんです！　これってすごくないですか？　すごいですよね？」

興奮も露《あら》わにヘレンはそんな風に言った。

本当に彼女はグレアムの事を尊敬し誇りに思っているのだろう。

「本当、君もモニカ義姉《ねえ》さんも、昔からグレアムの事ばかりだな」

と新郎のクリフは苦笑を浮かべて首を振る。

「正直、妬《や》けるよ」

「だ、誰が――」

とモニカは顔をしかめて慌てるが、ヘレンはやはり笑顔でこう続けた。

「一つだけ、グレアム兄さんについて、許せないところがあるとすれば――モニカ姉さんの気持ちに気づかない振りをしていた事ですね」

「――おいっ⁉」

がたんと椅子を蹴って立ち上がるモニカだが。

「ヘレン、てめ、ふざけた事言ってんじゃねえぞ――」

「──モニカ。今日一日くらいは大人しくしててくれ」

そこに──祭壇から降りてユーマ達のところに歩み寄ってきたグレアムがそう言った。

先のヘレンの言葉は聞こえていないようだったが──

「本当にお前は昔から世話の焼ける……」

「うるせえ、この期に及んで兄貴面《あにきづら》すんじゃねえよ！　こっちはクソ親父《おやじ》からとっくに勘当されてる身なんだ！」

そう叫んでモニカは、憤然とした足取りで料理の並べられた長机の方へと歩いていった。

その様子を苦笑して見送ってから、ユーマは再びヘレンとクリフに眼を向ける。

「すみません、不躾《ぶしつけ》な事を聞きました。どうかお幸せに」

と区切りをつけるように言って頭を下げる。

それから──新婚の二人は、他の者達に呼ばれて自然と卓を離れていった。

「ヘレン等とは何を？」

やはり先程の会話は聞こえていなかったのか、グレアムがそう問うてくる。

「自慢のお兄さんだってさ」

とボニータが笑いながら言い、少し意地悪い笑みを浮かべてこう付け加えた。

「他人の気持ちに気づかない振りするところは駄目だって」

「……他人の気持ち、ですか？」

と首を傾げるグレアム。

どうやら気づかない振りではなく、本当に分かっていないのだろう。

「……というより単に朴念仁というか、奥手なんじゃろ、此奴《こやつ》は」

とラウニが祝いの振る舞い酒を水のように飲みながら言う。

昨日も相当に飲んだ筈《はず》だが、まるで二日酔いになる様子もない。本人曰《いわ》く『酒の精霊の加護があるので』との事だったが、そんな都合の良《い》い精霊が本当にいるのかどうか、ユーマ達には分からなかった。

「……どういう事？」

とユーマは声を潜めてラウニに尋ねる。

グレアム自身も心外だったのか、首を傾げて妖精族の魔術師に眼を向けているが。

「童貞の小僧には分かり辛《づら》いかの？」

ラウニは悪戯《いたずら》っぽい笑みを浮かべて言った。

「此奴は多分、自分の気持ちもよく理解してはおらんのさ」

「自分の気持ちって――」

それは昨晩もグレアム自身が言っていた事だが。

「そもそも……この、くっそ真面目で几帳面《きちょうめん》な〈奮闘聖職者《ストラグル・クレリック》〉が、二人の妹に注ぐ愛情について差を設けていたと思うか？」

「……え？」

「妾等《わらわら》への治癒や回復法術を掛けた回数までいちいち覚えていて、出来るだけ差をなくそうとするような男じゃぞ？」

「………」

ユーマはグレアムの方を見る。

彼は——予想外の事を言われたのか、その切れ長の細い眼を、何度も戸惑うように瞬《まばた》かせていた。

「でもって此奴の気持ちが男女のそれに『転んだ』のは、話を聞く限り、あの新郎の告白が切っ掛けじゃろ？」

言ってラウニは別の卓で客と話しているクリフの方を指さす。

「それってつまり——」

人間は言葉でものを考える。

『愛している』と口に出せばそうなのだと思い込む。

まるで一種の呪いのように。

(恋に恋する、なんて言葉があるけど……)

自然に胸の内から出てくる恋愛感情ではなく。

言葉として先に知ったその概念に焦がれ欲《ほっ》する。

恋とは、愛とは、素晴らしいものらしい——と。

未体験であるが故に心の中で勝手に想像だけが膨らんで。

(グレアムは僧侶だから尚更《なおさら》——)

自分は妹達を『兄として』『愛している』のだと自分自身に言い聞かせ、僧侶として自分の欲望を抑え付けてきたグレアム。

彼は、自分自身の感情と、若者としては膨らんで当然の性欲と、他人から自分に向けられる感情と……それらの区別をつけられなかったのではないか。

(なのにヘレンとクリフが……恋仲になったのを、目の当《ま》たり《あ》にして……)

尚更、混乱が進んでしまう。

挙句に、もう一人の妹のモニカはグレアム達のところから飛び出して、久しく。

残った妹までもが自分から離れていく事を惜しむ気持ち、寂しく思う気持ちを、若いが故に、持て余していた性欲と混同してしまって——

「そもそも此奴がどうして、モニカの前で顔を隠そうとしたと——」

「ああ、いや、ラウニ、それ以上は勘弁してください」

自分の顔を右の掌《てのひら》で覆って俯《うつむ》きながら、制するかのように、左手を掲げるグレアム。

珍しく彼の耳が赤みを帯びているのが見えた。

「分かった、分かりましたから」

「然様《さよう》か。ところで手の具合はどうじゃ？」

「え……ええ。大丈夫ですよ。特に痛くはありません」

言って紅潮した顔から右手を離して甲に自ら視線を注ぐグレアム。

治癒の法術を掛けた結果、既にそこにはもう傷跡もないが――代わりに彼を『勇者の仲間』たらしめていた紋章もまた跡形もなくなっていた。

「それならいっそ最初にお前さんが言った通り、別人になっても良かったのう？」

とラウニが悪戯っぽく笑い――

「やめて。想像しただけで気持ち悪い」

とボニータが口許《くちもと》を押さえて言った。

昨晩……聖痕をグレアムが自ら焼いて消した後。

彼は町を、そして養父や幼馴染《おさななじみ》や、他の『家族』を見守る為《ため》に、顔を変え、名を変える事にしたと言った。

今更名乗り出られる義理ではない、だから——と。

グレアム自身は当初、焚火《たきび》でレオナの兜《かぶと》の仮面を焼き、これを被《かぶ》る事で自分の顔を焼きつぶすつもりであったようだが……さすがに持ち主が嫌がった事と、ラウニが『どうせならもっと高火力の方が良かろう』と言い出して、精霊魔術でグレアムの顔を焼きにかかったので、話がややこしくなった。

先に聖痕を焼いた時の匂いですらボニータは吐いていた。

これで人間の顔を丸ごと焼くなどとなると——たとえグレアムが耐えられたとしても、一体どうなっていた事か。

まあそういう訳で、グレアムの『変身』についてはボニータが必死にこれを止め、慌ててレオナとユーマもこれに加わった。ラウニはラウニで、本気で仲間の顔を焼き潰すつもりはなかったのか、すぐに魔術を中断してくれたのだが。

「それもまた『逃げ』ですからね」

とグレアムは真面目な表情でそう言った。

「一度は自分が背を向けてしまった事に、改めて向き合ってこそ、先に進める。仲睦《むつ》まじいヘレンとクリフを『兄として』見るのが今なおも、心苦しいというのなら……それこそが私への罰であり、それに耐えて暮らすのが、贖罪《しょくざい》でありましょう」

「……辛《つら》い？」

　とユーマが尋ねるとグレアムはしばし考えてから。

「いえ。意外ですが、それ程ではありません。ラウニの言う通り、私一人が勝手に色々と勘違いをしていただけなのかもしれませんね」

「そっか。良かったね」

「色々とあなた達に告白した事で……それに」

　ふとグレアムは少し離れたところで酒を煽《あお》っているモニカの方を見遣《みや》って。

「モニカにがつんと言われた事で、何というか、眼《め》が覚めたのでしょうね。グレアムとして、帰ってきて良かった。本当にそう思います」

　彼はその巌《いわお》のような顔に柔らかな笑みを浮かべてそう言った。

　そして──

「……勇者ユーマ」

　彼はふと眉尻を下げて共に『魔王』討伐の旅を歩んできた若者を見つめる。

「申し訳ない。王都まではあなたと共に行くつもりでしたが……私はここに残ります」

「分かってる。寂しいけれど、グレアムは家族の傍《そば》にいてあげるべきだと思う」

　ユーマは笑顔を取り繕って頷《うなず》いて見せた。

寂しいと言った気持ちに偽りは無いが、ようやく本来の自分に戻れたグレアムを、改めて『勇者一行の凱旋《がいせん》』に付き合わせるべきではないと思ったのだ。

「さて――」

それまで沈黙を貫いていたレオナが席から立ちあがって、広場の中央で取り分けられている料理の方を見遣る。

町全体から、数々の酒と共に持ち寄られたそれらは――モニカの仲間が持ち込んだ山菜や、鹿肉の燻製《くんせい》なども含め、卓の上で小山を成しており、ちょっとやそっとでは食べ尽くせそうにもなかった。

「食事もしないで酒ばかりというのもまた悪酔いするだろう」

「あ、あ、アタシ、あの鳥の香草焼き狙ってんの！」

とボニータも立ち上がる。

「昨日はあんなに吐いておった癖に食欲旺盛じゃのう？」

「人間の焼ける匂いと料理を同列に語らないで⁉」

ラウニがからかうように言って笑い、ボニータが卓を叩《たた》き、それにつられてユーマも、グレアムも、レオナも笑い声をあげる。

彼等《かれら》の声は――宴《うたげ》の明るいざわめきの中に、ゆるやかに溶け込んでいった。

CHAPTER 2

魔術師ラウニ

SCENE BEFORE
DEFEAT THE DEMON KING
移動

第二章　魔術師ラウニ

魔術師《ウィザード》ラウニ。

託宣に告げられた『勇者と共に冒険し魔王を討ち世界に光を取り戻す』五人の一人。

更に子細に言えば精霊魔術を能《よ》く修めた妖精族《エルフ》の魔術師だ。

小柄で細身、長い銀髪と円《つぶ》らな紫の瞳、ともすれば少女どころか年端《としは》もゆかぬ童女のようにすら見える事がある容姿なのだが——宴となれば火酒の瓶を瞬《またた》く間《ま》に空にし、いざ戦陣に立てば得意の精霊魔術を用いて敵の軍勢を容易《たやす》く薙《な》ぎ倒《たお》す。

『単純な威力……扱える破壊力という意味なら我々の誰も、あの妖精一人にかなわない』

自身も、数こそ少ないが法術や精霊魔術を扱える聖騎士《パラディン》のレオナがそう評する程に、ラウニの魔術師としての力量は突出している。

それは妖精族としての豊富な魔力と共に、長命種であるが故の、何十年にも及ぶ経験と研鑽《けんさん》によるものだろう。

『五人の仲間、誰が欠けても魔王討伐は成しえないだろうけれど、それでもラウニが居なければ僕等は魔王城に踏み込む事すら出来ないだろうね』

火も。水も。土も。風も。雷も。光も。影も。

およそ精霊の力が及ぶ万象を、彼女は意のままに操れる。

弱点があるとすれば……それもまた妖精族としての特徴に因《よ》る。

即《すなわ》ち肉体的に非力であると同時に、疲れやすく壊れやすい――無理をさせれば途端に体調を崩して寝込んでしまう。重い荷物を持たせればすぐに疲弊する。

なので接近戦など出来る筈《はず》がない。

その事は本人もよく心得ているからか、彼女自身は魔術の発動媒体である杖《つえ》以外は、短剣一本すら身に着けていない。斬り合い殴り合うのは他の者に任せて自分は魔術の呪文詠唱と術式の制御に専念するという割り切りが出来ているのだ。

『ラウニと会ってから妖精族の印象《イメージ》って随分変わったよ』

眠っている仲間の顔に落書きする程度の悪戯《いたずら》は日常茶飯事。

よく飲み、よく喰《く》い、よく眠り、よく遊ぶ。

自由奔放というのは元々の妖精族の世間的な印象に近い一方で、彼女の言動には多分に俗臭が強い。好きな事は率先してやるが、そうでない事は面倒くさがってさぼる。


『あれは単に、だらしない、という事でしょう』


基本的に他人を悪く言う事のないグレアムですら、苦笑交じりに彼女をそう評した事がある。

それでも勇者一行の中で彼女の評価が低くないのは、彼女がいつも魔術を使う時は全力で出し惜しみをしなかったからだろう。

つまるところ彼女は不真面目なのでも不誠実な訳でもなく——何をするにつけ、緩急の付け方が極端なのだ。

まるで自分自身の限界を探っているかのように。

ユーマ達は彼女の事をとりあえず、そう理解していた。

故に――

●

「――レオナ」

それまでずっと荷台の上に寝転がって惰眠を貪っていた筈のラウニが、不意に身を起こして御者台の聖騎士を呼んだのも、いつもの如《ごと》く、ひどく突然だった。

グレアムの故郷であるワージントの町を出て半月ばかり。

本来の街道は魔族との戦争の際に、双方の放った大規模攻撃魔術のせいで、大きく損壊した個所《かしょ》も多く、馬車では通れないような部分も少なくない。なのでユーマ達は行きとは異なる経路を辿《たど》って、少々の回り道をしながら王都に向かっていたのだが。

「もう少し行けば縞《しま》模様の大岩が転がっているでな」

杖を掲げながらラウニはそんな事を言い出して。

「――大岩?」

とレオナと並んで御者台に座っていたユーマは首を傾《かし》げる。

「なんでそんな事――」

知ってるのか、と問いかけて、ユーマはこの妖精族の魔術師が、自分達の一行に加わる前は各地を自由気ままに放浪していたという事を思い出した。彼女は魔王討伐の旅以前に、この辺りを通った事もあるのかもしれない。

「その大岩のところの分かれ道を左へ逸《そ》れるが良《い》いぞ」

「……左？　方角としては北東か？」

レオナが肩越しにラウニを振り返りながら言う。

「そちらは山間部で、馬車では通れない場所が多い筈だが――」

確かに北東の方を見遣ると、そこには峨々《がが》たる山脈があり、いかにも馬車での移動は難しそうである。いや。それ以前に王都に向かうなら分かれ道を右へ、南東の方に向かうべきなのだが。

「妾《わらわ》からの魔王討伐の褒美《ほうび》じゃ。ちと面白いところに連れていってやろう」

「……面白いところ？」

と食いついたのはボニータである。

「なに、隠し金山とか？」

「まあそれは行っての御愉《おたの》しみじゃな」

と先端で円を描くように杖を振りながらラウニは笑う。

「王都に凱旋する前の前祝いじゃ。損はさせんよ。妾を信じてついてくるがいい」

「また難しい事を言う」

とレオナが苦笑するのは、『妾を信じてついてくるがいい』と言う彼女の指示に従った結果、魔族の軍勢の駐屯する場に突撃する羽目になったり、難民街で賭場《とば》を仕切るならず者達と揉《も》めて、やり合う事になったりした経験があるからだが。

「……まあ元々迂回《うかい》してるんだし」

とユーマも苦笑しながら言った。

「少し寄り道するくらいは、いいんじゃないかな」

「勇者様がそう言うなら、仕方ないな」

とレオナは頷く。

●

縞模様の大岩が見えてきたのは、それから程なくしての事だった。

「遍《あまね》くもの、在りて在るもの――」

馬車の御者台の上。

「汝《なんじ》らの力をひと時、貸し与えんことを――」

レオナが手綱を握るその隣で、ラウニは立って杖を掲げながら精霊魔術の呪文を唱えている。長い銀髪がふわりとまるで深い水底に在るかのように浮き上がると、杖を中心にゆらりゆらりと魚のような半透明の精霊達が群れを成して空を泳ぐのが見えた。

やがて――

「――天への階《きざはし》、彼方《かなた》への架け橋、其《それ》は仮初なれど、今、我等の前に築かれしものは、盤石たれ」

「うわ…………」

荷台の上でユーマは驚きの声を上げる。

文字通りの崖っぷち――ただ虚無のみが横たわっていた筈の場所に、するすると硝子《ガラス》のような半透明の線が引かれていく。

それらは見る間に数を増し、画家が黒炭を布に何度も何度も擦《こす》り付《つ》けて絵を描くかのように、形を成し、厚みを増し、わずかな間にそれを造り上げていた。

その呪文の言葉通りの『橋』を。

「すごっ……」

何度もラウニの精霊魔術を見慣れている筈のボニータもまたそんな感想を漏らすのは、この魔術を皆の前でラウニが使うのが初めてだからだ。

先述の通りラウニは火炎、氷結、烈風、衝撃、水流と多彩な魔術を使って魔族の軍勢と戦ってきたが、大抵はその長い呪文詠唱に比べて発動後の効果は一瞬──瞬く間に霧散してしまう。

なのでこのように『何かを構築して維持する』という魔術を見る事は殆《ほとん》どなかった。

しかも──

「あれは……」

と御者台の上のレオナがその鋭い双眸《そうぼう》を細めたのは、虚空《こくう》に伸びていくその透明な『橋』の向こうで、単なる青空が揺らぎ、まるで石を投げ込まれた湖面のように、幾重にも波紋を刻み始めたからだ。

橋の向こうに何かがある。

それは──

「……山？」

そうユーマが見まがえた程に、それは巨大だった。

だが違う。それは山ではない。

それは……驚いた事に、山にも匹敵する程の巨大な樹《き》であった。

しかも、その巨大に過ぎる樹木の枝や根の表面、その凹凸部分に溜《た》まった腐葉土を苗床として、更に別の草木が生えているという……ひどく幻想的な光景だった。

「まほろばの世界樹……」

「おうおう。俗世ではそう呼ばれておるのう」

と何処《どこ》か得意げにラウニが言う。

「そして別の者はこう呼ぶ訳じゃ――〈妖精の隠れ里〉と」

彼女はまるで自身も精霊であるかのように、まるで体重など無いものであるかのように、ふわりと御者台から飛び降りる。

そして呆然《ぼうぜん》としている仲間達に率先して、まるで踊るような足取りでその、出来たばかりの半透明の橋を、渡り始めた。

「……ひょっとして、ここ、ラウニの郷里？」

とユーマが問うが、ラウニはただへらへらと笑っているだけだ。これもまた『着いてみての御愉しみ』という事なのだろう。

確かにユーマも『まほろばの世界樹』については伝説のような形で聞いた事があるだけで……それがどこにあるのかは誰も知らず、また、彼の地《かち》に行った事がある、という者もついぞ知らない。

確かにそんな場所に連れていってもらえるなら『褒美』としては上々だろうが。

一方――

「えっと、大丈夫、なんだよね？」

　とボニータが手綱を握るレオナに問うが、聖騎士《パラディン》は顔をしかめて答えない。精霊魔術は多少扱えるものの、こんな特殊な魔術に関しては自分に尋ねられても、といったところか。

「ほれ。臆せず渡ってくるがよい」

　とラウニが橋の上で止まって手招きをする。

「その渡った先が実は蜃気楼《しんきろう》か何かで、橋を渡り切ったらどっかに落っこちる……なんて事は、ないよね？」

　と若干、ひきつった表情でユーマは問う。

　ラウニは……この妖精族《エルフ》の精霊魔術師は、悪戯好きな側面を持っている。

　勿論《もちろん》、命懸けの戦闘時に悪ふざけをするような事は無かったが、旅の最中には突飛な事をやらかして、仲間を驚かせた事は何度もあった。

　幻影を用いて、馬車ごと仲間を池に突っ込ませるくらいはやりかねない。

「なんじゃ。妾が信じられんか」

「どの口が言うかな……」

　と苦笑するユーマ。

「っていうか、どういう理屈なの、これ？　妖精郷が見えてなかったのは、目の錯覚って訳でもないだろうし、誰かが幻影系の精霊魔術を使ってたとか？」

とボニータが尋ねる。

斥候兵《レンジャー》という職種の関係で彼女も簡単な魔術を使えるし、魔法の道具も幾つか持っている。姿を消して敵の目を欺く程度の事は彼女にも出来るのだが、それはあくまで個人の規模、かつ、時間も短い。

「そんな訳ある筈《はず》なかろうよ」

とラウニは笑う。

「この規模を見えなくするなど、一人や二人の術者でどうにかなるもんでもないわ。ましてや常時となるとな」

「じゃあ……？」

「これは術ではない。魔法——というか摂理よ」

「摂理？」

「『そういうもの』『自然』じゃな。まあ要するにこちらが術でお願いするまでもなく精霊達がそうしておるんじゃ、自発的に」

「…………」

ユーマが周囲を見回すと、今も時折、虚空を半透明の魚のような何かが横切るのが見える。精霊だ。つまりあの妖精郷を見えなくしているのは彼等《かれら》の意志という事になる訳だが。

「精霊って意志とか本能とか、希薄なんじゃなかったっけ？」

だから人が術で『お願い』をすると素直に反応してくれるのだとか。

それが精霊魔術の基本なのだとユーマはラウニから教わった。

「ああ。まあそれはそうなんじゃがな」

どう説明したものか、と考えているのだろう。ラウニは首を傾《かし》げながら、杖《つえ》で自分の肩を叩《たた》いた。

「あの世界樹と呼ばれておる樹は、万を超える歳月を、枯れる事無く超えてきた、いわば存在そのものが奇跡とも言うべきもの、既に神に近い」

「神……」

グレアムがここに居ればなんと言っただろう、と頭の片隅で考えるユーマ。

教会は基本的に偶像崇拝を禁じ、唯一神を崇《あが》めている為《ため》、ラウニの物言いはうっかりすると『異端』と断じられてしまう可能性すらあるものだった。

ただ――

「人には見えづらいだけで樹にも命は在るし命が在るなら魂も在る。千も万も歳経《とし》れば心のようなものも生じうる。そして樹のそれは元より精霊に近いものであるからの、精霊とよく響き合う。世界樹が身を隠したい、と望めば精霊はそれに応えるものよ」

「身を隠したいって——」

「精霊が言うには、昔な、世界樹と同種の木々が次々と伐採された事があったらしいの。それで人の目から隠れたいと思ったんじゃろ」

「…………」

ユーマは思わず言葉に詰まった。

開拓村出身の彼は、森を切り開き、木々を刻んで木材として、家だの柵だのを造った経験もある。

それはそういうものだと思って何の疑問も抱かなかったが、言われてみれば切られた木々からすれば、大量殺戮《さつりく》に見えたりするのかもしれない。

「まあその辺は気にせんでいい。樹の意識なんぞというものは、人の身で理解しようとすればそれこそ千年万年かかるだろうよ。だから自分の価値観を当てはめて気に病んでもしょうがない」

「そういうもの？」

「そういうものじゃ。あるいは樹の心には、かつて普人族や鉱精族《ドワーフ》と争ってこの地に追いやられた我等一族の思惑も交じっているやもしれん。それこそ死ねば木の根の隙間に葬《ほうむ》ってその肥やしにならんとするのが我等の葬儀。世界樹の一部になった妖精族の考えていた事が、樹に影響を及ぼす事もあるじゃろ」

ひどくあっさりとラウニは言っているが、これはラウニが妖精族の中でも特別なのか、それとも妖精族は皆、こういう感覚を持っているのか、までは分からなかった。

「さ。こんなところでぐずぐずしておっては、本当に谷底に落ちるぞ。妾《わらわ》の魔術もそう長くはもたんからの」

そう言ってすたすたとラウニは橋を渡っていく。

ユーマはボニータ、レオナと顔を見合わせて。

「……覚悟を決めようか」

そんな勇者の言葉に促されたように、馬車はラウニを追って動き出した。

●

妖精族は希少な存在だ。

基本的に普人族——この世界において最も繁殖力が強く適応力も高く、その結果として最も数多く広がった種族故にそう呼ばれる——に比すれば滅多に出会える存在ではない。

「――動くな」

「……!?」

鉱精族と普人族が、文明発達の促進という利害関係の一致で比較的密な関係を結んでからは、妖精族は、前述の両者と対立する事が増え、時に局地紛争すら起きて……結果として各地の『隠れ里』と呼ばれる領域に引きこもる事になった。

故に、普人族と接触する妖精族は、何らかの理由でわざわざ『隠れ里』を出た存在に限られる。

例えば、何か重大な罪を犯して追放されたか。

あるいは――極めて個人的な理由、例えば何らかの研究目的、趣味嗜好《しこう》から『外』の世界に並々ならぬ興味を持ったか。

もしくは、純然たる事故の類か。

何にせよ――

「喋《しゃべ》るな。息もするな」

「恥知らずな丸耳どもめ」

――ユーマ等が乗っていた橋は消滅した。

全く何の前兆も無く突然に。

ラウニの悪戯《いたずら》を予想してある程度は身構えていたユーマ達だったが、橋が消えた結果、そのラウニも含めて馬車ごと落下、高々と水飛沫《みずしぶき》を上げる事となった。

橋の下には広大な――海の如《ごと》き湖が存在したのだ。

そしてその湖の真ん中に〈まほろばの世界樹〉は生えていた。

幸い、ユーマ等が馬車ごと落ちた辺りはそう水深がある訳でもなく、多少の痛い思いをした程度で、全員――馬車の馬も含めて、溺れることもなく、無事ではあった。

ただ――

「ラウニ!?　これは――」

とユーマがラウニを捜して周囲を見回すと、この妖精郷に一同を導いた魔術師《ウィザード》は、猫の子のように襟首を摑《つか》まれて、ぶら下げられていた。

彼女をぶら下げているのは、硝子《ガラス》か氷でできている像の如き透明な巨人である。

身の丈は人間の四倍か五倍程度。

概《おおむ》ね人の形をしているものの、肩幅は広く頭部も横に長いので、全体として非常に横幅がある。

精霊魔術については詳しくないユーマだったが、それが水を媒介にして魔術で造り上げられた人形――魔動偶像《ゴーレム》の一種だという事は想像がついた。

何しろその巨人の肩には、左右それぞれに妖精族の男達が一人ずつ乗っており、共に弓を構え、更には頭の上には魔術用のものらしい杖を手にした妖精族の女性が座っていたからだ。

「黙れと言ったぞ」

そんな一言と共に矢が放たれた。

深々と馬車の御者台に突き刺さった矢が、勢い余って震えている。

咄嗟《とっさ》に剣を抜こうとした姿勢のまま、ユーマは固まっていた。

「…………」

否――

(ここは……そういう風に見せておいた方がいいよね?)

正確には『固まっている風を装《よそお》っていた』だ。

実のところ、ジャレッドの放つ矢に比べれば、妖精族の男達のそれは、初速でも精度でも劣っていた。そして託宣に謳《うた》われた勇者として、異様な速度で成長し実戦経験も豊富に積んだユーマにとって、彼等の射掛けた矢を空中でつかみ取る程度は造作も無い事だった。

避《よ》けるだけならレオナにもボニータにも可能だろう。

だからこそ二人共、ユーマと同様に武器に手を掛けてはいるが、動いてはいない。

この状況で迂闊《うかつ》に武器を抜けば、もう話し合いの余地もなく殺し合いに一直線――そう分かっているからだ。

ラウニの故郷で、それだけは避けたかった。

ただ――

（ラウニ……？）

先程からラウニが黙ったままなのはどういう事か。

彼女がこの妖精郷の出だというのなら、ユーマ達の素性を説明するなり何なりして、とりなしてくれても良い筈《はず》だ。

そう思ってユーマは眼《め》を細めて彼女を見るが――

「――あ」

精霊らしき半透明の小魚達が、ラウニの口許《くちもと》にくっついている。

魔術師封じ。

魔術師に関しては武装を解除しても安心できない為、その最大の武器たる魔術を行使できないよう、呪文詠唱を封じ込めているのだ。

魔術師同士の戦闘では当たり前のように使われる戦術らしいが、対魔族戦闘においては、呪文詠唱して術を使ってくる魔族が殆《ほとん》どいなかった為、ユーマ達も忘れていたのである。

「…………」

ラウニは相変わらず、水の巨人にぶら下げられたまま、その紫の眼を何度か瞬《まばた》かせて。

『すまぬ』

——とでも言うかのように肩を竦《すく》める。

（…………ええと。つまり？）

郷里にユーマ達を連れてきたのは、ラウニで。

しかし同族たるラウニが先頭を歩いていたにもかかわらず、妖精郷の妖精族《エルフ》達は問答無用で橋を消し、攻撃を仕掛けてきた。

挙句にラウニは早々に魔術を封じられている。

一体——何がどうこじれればこうなるのか。

（ラウニには悪いけど、話を聞いてもらう為にも一旦、ここは——）

相手を殺さない程度に戦って活路を開くしかないのではないか。

そんな風にユーマは考えたのだが。

「――ユーマ！」

　ボニータが注意を促してくる。

　次の瞬間、ユーマ達を取り囲むように、十体以上の水巨人と、更には五十人以上の妖精族達が水面下から姿を現し、杖《つえ》や矢をユーマ達に向けてきた。

「喋るなと言ったぞ！」

「何度言えば分かる、愚鈍な丸耳ども！」

　そんな言葉と共に、ボニータのすぐ近く、馬車の車輪に三本の矢が立て続けに突き刺さる。三本というのはつまり、ユーマ達の人数で、次こそは警告なしに射る、という最後通《つう》牒《ちょう》なのだろう。

（……案外、優しい？）

　とりあえず今すぐユーマ達を殺す気はないらしい。

　ならば話し合いも可能だろう。

　正直に言えば……この人数が相手でも、ユーマなら蹴散らす事が出来る。

　だがさすがに手加減はしにくい。うっかり相手を殺したり怪我《けが》をさせてしまっては話し合いの余地も無くなってしまう。

「…………」

ボニータ、レオナと顔を見合わせると、ユーマは溜息《ためいき》をついて両手を掲げて見せた。

●

ユーマ達は即座に投獄された。

一応、『誤解があるようなので話し合いたい』とは言ってみたが、まるで取り合ってもらえなかったのである。

で――

「……しかし……」

レオナが興味深そうに周囲を見回す。

「妖精族は独自の文化が発達しているとラウニから聞いていたが」

「今一つ危機感ないよね」

とボニータが床に座りながら首を傾《かし》げる。

確かにレオナ、ボニータの意見も、もっともである。

そこは監獄、と呼ぶにはあまりにも開放的だった。

端的に言えば何もないのだ。

周囲はひたすらに水、水、水。

ユーマ達は木製の平たい円盤の上に乗せられているが、構造物といえばそれだけで、鉄《てっ》格子《ごうし》も無ければ柵も無い。先に妖精族からここが牢獄《ろうごく》であると教えられなければ、全く分からなかっただろう。

ただ――

「まあ殺意は高めだけどね」

とユーマは呟《つぶや》きながら、腰から抜いた短剣を円盤の縁の辺りにそっと差し出す。

呆《あき》れた事に、妖精族はユーマ達を一切、武装解除しなかったのである。レオナも鎧《よろい》を着たままだ。

ただ――

「うわっ」

とボニータが声を上げる。

ユーマが差し出した短剣、その切っ先が、鋭い音と共に欠けたからである。円盤のすぐ外、水面から瞬間的に吹き上がった水が、鋼の短剣を斬ったのだ。

水系の精霊魔術に、水に高い圧を掛け、剃刀《かみそり》よりも更に薄い刃《やいば》となして対象を切断するというものがあるというのは、ユーマも知っていたが。

こんな風に使うのは初めて見た。

「勿体《もったい》ない事を」

とレオナが顔をしかめて言ってくるが、ユーマは肩を竦めて笑う。

「いい加減、酷使が過ぎて切っ先も丸くなってきてたから。むしろ研ぎ直してもらった感さえあるよ」

とユーマは短剣の切っ先を示す。それは、彼が予《あらかじ》め斬られる角度を調節したせいか、非常に鋭利なものになっていた。

「うっかり転んで首刎《は》ねられたらたまんないよ」

とボニータは頰を膨らませて言うが、まあこれにはユーマも同意である。要するに円盤から一歩でも出れば、真上に吹き上がる水の刃に切り刻まれてしまうという寸法だ。

危ない事この上ない。

一応、妖精族達は『一歩でも出ればこうなるぞ』とユーマ達に告げて実際に、水の刃が木の棒をまるで粘土でも切るかのように切断する様を実演してくれていたが。

(まあでもわざわざ教えてくれてるって事は、やっぱり僕等《ぼくら》を今すぐに殺すつもりはないって事だよね)

などとユーマは思ったりする。

「妖精族には冶金や製鉄の文化が無いとは聞いていたが……どうやって樹《き》を切っているの

かと思ったら、精霊魔術か」

一方でレオナはそんな部分に興味を持っているようだった。

「そうみたいだね」

とユーマは自分達が乗っている円盤を見ながら言う。

斧《おの》も鋸《のこぎり》も無い状態で、どうやってこんな木工品を造ったのかとはユーマも不思議に思っていたが、つまりは全部、水の刃を用いていたという事だろう。

「でも大抵の魔術は瞬間的なものでしょ。ずっと誰かが交替で掛け続けてるのかな?」

「あるいはこの妖精郷では精霊の力が強いので、持続時間が長いとかか?　この地を隠していた幻惑の魔術のように」

とボニータとレオナがあくび交じりにそんな魔術談義をしている。

この牢獄——のような何かに入れられて未《ま》だそんなに時間は経《た》っていないが、早々にやる事が無くなって、全員が暇を持て余しているのだ。何しろ何もない場所な上に、脱出を試行錯誤するにはあまりにも危険な仕掛けである。

(まあ強引に出られない事もないいんだろうけど)

ユーマ達に使える魔術や法術でも、重ね掛けするなり、相互干渉を起こさせるなりすれば、水の刃を無効化したり逸《そ》らしたりする事は出来るかもしれない。

妖精族の者達は『閉じ込めた』と思っているのであろうが、ユーマ達がここで大人しくしているのは、あくまで『状況が分かるまで待っている』だけの事だ。

ただ――

「ラウニはどうしているかな」

と……レオナが世界樹の方を見遣《みや》りながらぽつりと呟いた。

ユーマ達の仲間の魔術師は、この牢獄の中には入れられていない。

精霊魔術に通じた彼女なら、すぐにこの牢獄を破る手段を思いつくであろうから、彼女だけは別に監禁する――という理由なのかもしれないが。

そもそも妖精族達がどうしてユーマ達に敵意剝《む》き出《だ》しなのかという事も分からないので、彼女がどう扱われているのかが分からない。

同じ郷里の仲間なのだから、手荒な事はしない……というのは楽観的に過ぎるだろう。

「レオナ……」

ユーマの仲間達の間ではレオナは特にラウニと仲が良かった。

しばしば二人だけで話し込んでいる姿もよく見かけたし、野営中に、二人だけ姿が見当たらない事も何度かあった。一体どうしたのかと尋ねたら珍しく――何かにつけ無骨な言動の多いレオナが、顔を赤らめて誤魔化していたが。

（美男美女だからすごくお似合いなんだよね……）

種族の違いはあれど、レオナとラウニが並んで立っていると、実に絵になる。

だからラウニが今回、妖精郷に寄りたいと言い出した時も、レオナを自分の家族に紹介でもするつもりなのかとユーマは勝手に思い込んでいた訳だが……

「――あ。ラウニ！」

と不意にボニータが声を上げる。

彼女が指さす方を見ると、確かに水面を歩いて――恐らくはこれも精霊魔術なのだろう――三人の妖精族がやってくるのが見えた。

一人は杖を持った魔術師らしき女。

残る二人は矢を携えた男達。

前者は後者らを従えるように先頭を歩いており、特に拘束されている様子は無い。

ただ――

「ラウニ、無事だった？」

と腰を浮かして声を掛けるボニータだったが、その肩を摑《つか》んで止めたのはレオナだった。

「――違う」

「え？　なにが？」

「あれは、ラウニではない」

と聖騎士《パラディン》は厳しい表情で断言する。

「似てはいるが別人だ」

「え？　え？　そ、そう？」

とボニータは狼狽《ろうばい》の表情を浮かべている。

斥候兵《レンジャー》である彼女は、眼《め》や耳の良さについては自信を持っている。ちょっとやそっと似ているからといって、そうそう自分の仲間と他人を見間違えることなどありえない。

だがラウニと仲の良かったレオナの発言には、言葉にし難《がた》い説得力があった。

「でもあんなに――」

「……………開け」

先頭の、ラウニとそっくりの顔立ちをした少女の魔術師が、そう告げると……円盤の周囲の水面から、一斉に精霊達が飛び立つのが見えた。やはりあの水の刃は精霊魔術だったのだろう。

試しにユーマが短剣を差し出したが、今度は何も起こらなかった。

そして――

「…………」

三人の妖精族《エルフ》が円盤の上に乗ってくる。

いずれも無表情で何を考えているのかは分かり辛《づら》いが……だからこそその真ん中の少女がラウニではないというのは、今更ながらにユーマにも分かった。

表情が違う。ラウニがここまで硬い表情をしていたのを、ユーマは見た覚えがない。単に喜怒哀楽の感情に乏しい、というよりも、自分の内にあるそれらを強引に抑え込んで見えないようにしている感すらあった。

そして――

「あの――」

「申し訳ございません」

ユーマが声を掛けるのと同時に妖精の少女は大きく腰を折って頭を下げてきた。

「ロニヤ様……！」

「丸耳どもにそのような――」

慌てて左右の男達がそう声を掛ける。

どうやらこの少女の名はロニヤで、やはりラウニではないのだろう。

ただ――

「こちらの方々に非はありません。間違ったのは我等。ならば謝罪はすべきです」

とロニヤと呼ばれた少女は言った。

男達は短く呻《うめ》いて一歩後ずさる。どうやら立場はロニヤの方が上らしい。男達はか弱き少女の護衛というより、重要人物の従者、傍仕《そばつか》えに近い立場なのだろう。

「──どういう事だ？」

と右の片膝を立て左の片膝をついた状態で、レオナが問う。

一見するとまるで主君に傅《かしず》いているような姿だが……この聖騎士はこの体勢からでも一瞬で剣を抜いて間合いを詰め、相手の首を刎ねる事が出来る。恐らく相手は自分が何をされたかも分からないままに死ぬだろう。

今や純然たる殺し合いになれば──総合的な戦闘力という意味では、ユーマの方が強いかもしれないが、剣技の練度に限ればやはりレオナの方が上だ。そもそも元は単なる開拓村の住人だった託宣の勇者に、剣を教えたのはこの聖騎士なのだった。

「それより、我々の仲間のラウニは無事か？」

そう問うたところを見ると、やはりラウニの安否が気掛かりなのだろう。

「……………ええ、勿論《もちろん》」

とロニヤは頷《うなず》く。

「姉は無事です。古老連に囲まれて、散々、小言を浴びせられているとは思いますが」

「…………え」

と間の抜けた声がユーマの口から洩《も》れる。

そっくりの顔立ちからして、血縁者だろうとは思っていたが。

この少女が……ラウニの妹？

「改めまして。丸耳、いえ、普人族の方々とお呼びすべきでしょうか。私、この郷の長《おさ》を務めております、ロニヤと申します」

それが妖精族達の礼儀作法なのだろう――今度は頭を下げるのではなく、杖《つえ》を従者の片方に手渡すと、両手を自分の胸に当てて言った。

「我等の勘違い故に、客人の方々に大変な失礼をしました事を、お詫《わ》び申し上げます。よくぞあの放蕩《ほうとう》者を連れ帰ってくださいました」

「……放蕩者」

それはラウニの事か。

(まあ確かに大酒飲みで悪戯《いたずら》好きだけど……)

「姉は……頻繁にこの郷を出て、興味本位に『外』を見に行っておりました。ただ本当に見物に出かけていただけで、毎回すぐに戻ってきていたのです」

従者から杖を受け取りながらロニヤが言う。

「ですがある日、姉は戻らなくなりました。何の報《しら》せも無かったので、これは、普人族にさらわれたのだろうと――」

「いやいやいやいや。無理でしょ」

とボニータが片手を振りながら言う。

「ラウニさらおうと思ったら、軍隊がいるよ」

「まあその辺の人さらいだの奴隷商人だのにどうこう出来る相手ではないだろうな。むしろ迂闊《うかつ》に手を出したら壊滅させられかねない」

とレオナも同意する。これにはユーマも同じ意見だった。

接近戦に弱い魔術師であり、体力的に――持久力に劣る妖精族である以上、追い込む方法は幾らでも考えられる。だがその種の弱点を知っている普人族は少ない。特に持久力云々《うんぬん》は、ユーマ達ですらラウニと旅をしている途中で知った事だ。

「とはいえ、昔、妖精族を珍重して愛玩用の奴隷にしていた――という話は私も聞いた事がある。鉱精族《ドワーフ》の鍛えた鉄は、魔術を破るという事から、その種の手枷《てかせ》足枷を用意して精霊魔術を使えないようにして……と」

「そうなの？」

あるいはその辺の事情があるからこそ、『妖精族は鉱精族を毛嫌いする』という風説も広まったのかもしれない。ラウニは鋼精族に対しては悪戯を仕掛ける事はあっても、殊更に嫌っている様子は無かったが。

「もう二百年以上前の事だと聞いたが――ああ」

とレオナは首を振った。

「長命の妖精族にとっては昨日の話も同じか」

「はい。ですから我々はつい短絡的に、あなた達をその奴隷商人か何かだと思い込んでしまい……」

実のところ、人間社会においては数十年前に奴隷制度というものは無くなっている。少なくとも表向きは。だが、そういった話もこの妖精の隠れ里には伝わってこないのだろう。

「全て姉から説明を受けました。我々の失礼をどうかお詫びさせていただきたく……宴席を設けました故、どうか、ご参加いただければと」

そう言って改めて頭を下げる――改めて普人族式の礼をしてくるロニヤ。少なくともその様子はユーマ達には真摯に謝罪しているように見えた。

なので――

「頭を上げてください、ラ……じゃなかった、ロニヤ――さん。誤解が解けたのならそれは喜ばしい事です」

とユーマはレオナ、ボニータに目配せしながら言った。

「これを機に僕等《ぼくら》はもっとラウニの、彼女の種族の事を知りたいとも思っています。魔王討伐の際に、僕等は手をとりあって戦う仲間でしたけど、いざ、事が終わってみるとお互いの事を何も知らないんだなって思って……」

それが異種族たる妖精達の事なら尚更《なおさら》だ。

「………魔王？」

とロニヤが従者達と顔を見合わせる。

「なんですか、それは？」

「…………………」

言葉に詰まるユーマ達。

「あの、つかぬ事をお聞きしますが。魔族との戦争については……？」

「魔族、ですか？」

初めて聞く単語のようにロニヤが首を傾《かし》げる。

「ラウニは僕等の事をなんと？」

「いえ。その」

ロニヤが何やらユーマから気まずそうに眼を逸《そ》らす。

それから彼女はしばらく適切な言葉を探していたようだったが——

「姉の、その、美貌に……たらし……こまれて……？　美食美酒を探す漫遊の旅についてきた者達、と……」

「…………」

またもユーマ達は顔を見合わせる。

そして——

「すみません。宴《うたげ》の前に、僕等も、その、ラウニに御小言を言う会に交ぜてもらっていいですか？」

と言った。

●

宴は小規模ながらもその分、密度の高いものだった。

「……………うわぁ……」

妖精郷の核、あるいは芯とも言うべき巨大樹の根元。

水辺との際に設けられた宴席で、ユーマ達は妖精族の郷土料理と果実酒を振る舞われつつ、水の上を歩く——恐らくは精霊魔術で——男女十名の歌と踊りを鑑賞する。

半数が楽器を掻《か》き鳴《な》らし、半数が水の上で踊る。

妖精族には美男美女が多い上、男女が水の上を滑るように動くその舞踊は実に幻想的で、時に跳び、時に回り、旋律に乗って目まぐるしく入れ替わりながらユーマ達を魅了する。

「なんか……なんていうか……綺麗《きれい》……」

とボニータが果実酒の杯を片手に呆然《ぼうぜん》とそう呟《つぶや》く程に、それは美しいものだった。

「舞踊と武術は共通点が多いとも聞くが。体幹がまるでぶれないのは本当に見事だ」

とレオナはレオナで何か違うところに感心していたようだったが。

（楽器の響き方もなんか不思議だな。これも風の精霊にお願いして何かしてるのかな？）

開けた場所での演奏の筈《はず》なのに、まるで洞窟か何かで聞く音のように幾重にも反響する。

その微妙な反響が——微《かす》かな音程や機微の『ずれ《ディレイ》』を生み出して、結果として音に分厚さを加えているのだ。

奏者は五人なのに、まるで何十人という楽団の演奏を聴いているかのようである。

そして——

「いやいや待たせたのう」

と舞踊が一通り終わったところで、ラウニが姿を現した。

いつもの旅装——ではなく、術杖こそ持ってはいるものの、先に会ったロニヤのものと同じ服をまとっている。白を基調としたゆったりした作りの各所に、草花をあしらった刺《し》繍《しゅう》が施されたもので、それを着ているとまるで自分達のよく知る妖精族の魔術師とは別人のようにすら思えた。

「古老連が思いのほか、口うるそうて閉口したわ」

「…………」

すぐ後ろにはロニヤもいる。

彼女は無言でただユーマ達に一礼してきた。

「飲んでおるか？　食べておるか？　『外』の酒や料理に比べれば若干、薄味じゃが悪くはなかろう？」

「十分美味《おい》しいよ」

とユーマは苦笑する。

「それより、ラウニ……君、族長なんだって？」

先にロニヤから聞いた話である。

ラウニとロニヤは双子で、この地の妖精族《エルフ》の族長の家系なのだとか。

「言わんかったかえ？」

「聞いてないよ」

ラウニから身の上話を聞いた事は無い。

あるいはレオナならとは思ったが——

「…………」

聖騎士《パラディン》も苦笑を浮かべて首を振っている。

「族長がいきなり書置きも残さずいなくなったら、そりゃ誘拐を疑うでしょうが」

と改めて手酌で果実酒を自分の杯に注ぎながら言うボニータ。

普段は殆《ほとん》ど酒の類を飲まない——斥候兵《レンジャー》としての感覚が鈍るからだそうだ——彼女が自分から飲んでいるのは珍しい。それだけ安心しているという事だろうか。

「まあ正しくは族長の『代わり』じゃな」

とロニヤの方を一瞥《いちべつ》して言うラウニ。

ロニヤは、無表情ながらも一瞬、眼《め》を伏せる。

それが何を意味する仕草なのかはユーマ達には分からなかったが——

「代理ってこと？」

「いや。妾《わらわ》はロニヤと双子、代々我が家系は双子が生まれるのじゃが、族長の地位は末子相続が基本」

「……え？　そうなの？」

とユーマは眼を瞬《まばた》かせながらラウニとロニヤを見比べる。

普人族の社会では、長子相続が基本だ。

「まあ双子故、どちらが姉でどちらが妹かなんぞ、産婆に取り上げられた順の程度の話でしかないがの」

といつも通りへらへらとラウニは笑い、ロニヤはただただ無表情である。同じ顔をしているだけに、並んでいるとその落差がやたらに目立つ。

「まあ要するに妾はロニヤの『予備』じゃ」

「――ラウニ」

咎《とが》めるようにロニヤが口を挟んでくるが。

「事故やら病やらで、族長の……というより世界樹の巫女《みこ》が途絶えたりはせんように、という事でな。まあ他にも色々としきたりというものがある」

聞こえていないかのようにラウニはそう続けた。

「世界樹の根元に生まれ、死して世界樹の根元に還《かえ》る。それが我等の生き方である訳じゃが、まあ、それで延々と引きこもっておっても息が詰まるだけじゃしな」

「ラウニ！」

と顔をしかめ、声を強めてロニヤが言うが、これもラウニは聞こえていないようにへらへらと笑ったままだ。

「そういう訳で妾はよく『外』に出たりして見聞を広めておった訳じゃが。そこに都合よく魔王なんぞというものが攻めてきたもんじゃから」

「都合よく？」

「これは世界の危機！　妾が立たねばなんとする！　と一念発起した訳じゃな。妾の決意に呼応したか、これまた都合よく『証《あかし》』も生じた訳でのう」

とラウニは右手を掲げてその甲にある『勇者の仲間の証』――聖痕を示した。

「つまり、ラウニにとっては魔王討伐も、諸国漫遊の旅の『ついで』だった感じ？」

「かもしれんの」

と肩を竦《すく》めるラウニ。

「……ラウニらしいといえばらしいな」

「本当にねえ」

とレオナとボニータが苦笑している。

そして――

「まあそんな事は今更、どうでもよかろう。ほれ、席をあけよ、あけよ、妾にもそれを注ぐが良《い》いぞ、ボニー」

とラウニはボニータとレオナの間にぐいぐいと割り込んで座りながら、レオナの杯を奪ってこれを掲げる。

「飲んで喰《く》った後は、ひと踊りするかの」

「いや、僕等には無理――」

少なくとも水面を歩くような精霊魔術を使いながら、踊りを踊るなど、ユーマ等からしてみれば超高等技術である。

だが――

「妖精と組めば問題ない。世界樹と精霊の加護が、この地の妖精には常にかかっておるでな」

ぐびりと一気に杯を干してラウニは笑う。

「レオナは妾が相手をしてやろう。ボニータはそこの男衆が良かろうて。ユーマはロニヤ、其方《そち》が組め」

「……ラウニ！」

「誤解で投獄した詫《わ》びをせねばならぬのだろう？」

「…………」

ラウニが言うと、ぐっとロニヤが言葉に詰まる。

その様子を見比べながら――

「あ、いや、無理には。僕は見てる方が」

とユーマはとりなすが。

「……いえ。お相手、致します」

とロニヤが近くにいた妖精族に術杖《じゅつじょう》を渡しながら言う。

まるで今から戦地に赴くかのような、紅潮し、覚悟の決まったその表情を前に、ユーマはただただ苦笑するしかなくて。

「あ。よ、よろしくお願いします」

とそう頭を下げた。

●

宴は終わって――その後。

「ふー…………」

妖精達が引き揚げた後、ユーマ達は宴席の場に残って酔いを醒《さ》ましていた。

レオナは黙って座っているが、ボニータは珍しく飲み過ぎたのか、それとも酒を入れて踊ったのがまずかったのか、その場にひっくり返っている。ボニータの相手役をしていた妖精族の男がちゃんと布を掛けていってくれたので、風邪を引く事はなかろう。

そして――

「とりあえず楽しめたかの？」

と水際《みずぎわ》に立っているユーマに声を掛けてきたのはラウニである。

彼女はユーマの隣に座って水に裸の足を浸《つ》けながら、子供のようにぱしゃぱしゃと飛沫《しぶき》を散らしている。彼女が足を動かすたびに、水際で可視化した精霊が跳ねるのがまた、幻想的だった。

「お詫びとしては十分以上だよ。そんな長く投獄されてた訳でもないしね。お酒も食事も美味しかったたし、踊るのも楽しかった」

開拓村出身のユーマは、村の収穫祭やら村立記念日やらの祭りで、踊った事は何度もある。幼馴染《おさななじみ》の娘と踊った時などは、比較的、二人とも筋がいいと皆に褒められたのを覚えていた。

（キャロル……）

吟遊詩人になるのだと、畑仕事の合間に、懸命に楽器を学んでいた少女。

彼女の夢はきっと実現するのだと、あの頃のユーマは微塵《みじん》も疑っていなかった。

だが――

「はは。まあロニヤもああ見えてまんざらでもなかったようじゃ」

とラウニは頭上を――視界一杯に枝葉を伸ばす世界樹を見上げながら言った。

「ユーマさえよければ娶《めと》るか？」

「……は？」

唐突な提案に眼を丸くするユーマ。

「あれでなかなか、ロニヤも『外』に興味津々《しんしん》でな。他の者程は普人族を敬遠してもおらん。少々生真面目に過ぎるところがあるが、まあ良い嫁になるじゃろう」

「いやいや。族長の家系なんでしょ？」

とユーマは苦笑して手を振る。

「よそ者と結婚してどうするのさ」

「たまに稀人《まれびと》の血は入れんとな。隠れ里というものはどうしても血が濃くなりすぎて、行き詰まる。他種族の血を取り入れるのもまた我等のしきたり」

「稀人――」

ラウニ曰《いわ》く、長い妖精郷の歴史の中では、事故のような形で迷い込んできた普人族も過去には何人かいたのだとか。彼等《かれら》はそのまま妖精郷に住んで妖精達と同じく世界樹に還ったそうだ。

（つまりレオナとラウニが結婚するって可能性もある訳か）

ちらりと聖騎士の方を見遣《みや》ってそんな事を考えるユーマ。

「まあそれに『代わり』がおるからの」

とラウニは自分を指して笑う。

そこに自嘲の色は見えない。

ただ――

「――ラウニ」

ふとユーマは彼女の隣に腰を下ろして尋ねる。

「どうして、僕等の旅に付き合ってくれたの？」

「あ？　なんじゃ藪《やぶ》から棒に。聖痕を授かったからじゃろうに」

「それだけが理由って訳でもないんでしょ？」

ロニヤらが魔族の侵攻そのものを知らなかったのは、この隠れ里に種族ごと引きこもっていたからなのだろうが――妖精族達の、強大とも言える精霊魔術に守られたこの地は、恐らく魔族ですら生半可には攻め込めなかっただろう。

つまり妖精族達にとって魔族の侵攻は対岸の火事とも言うべき他人事《ひとごと》である訳だ。

それが分からないラウニでもないだろう。

勿論《もちろん》、聖痕が生じた事にある種の運命を感じていたのも本当だろうが、彼女がユーマ達の命懸けの旅に付き従ってくれたのは、ただそれだけ、で片づけてしまうのは難しい。

彼女には彼女なりの考えがあっての事だったのだろう。

(本当、僕等はお互いの事、何も知らない……)

よくも一年間も、過酷な旅を続けられたものだ。

本当に今更ながらそう思う。

「……………そうさな」

ラウニは首を傾《かし》げてしばらく考えていたようだが。

「妾《わらわ》は、誰なんじゃろうな?」

「……………?」

「世界樹の巫女、族長の『代わり』。生まれた時からそう決まっておった。それはロニヤも同じでな。産婆の取り上げた順番が違えば、妾が族長でロニヤが『代わり』だったかもしれん」

「それは……」

「我等は共に『肩書』ばかりが前に出ておってな。周りに望まれた役を演じるばかりで、ついぞ、自分というものを得る機会に恵まれなんだ。女であるという事すら、次の世代の巫女《みこ》を生む為《ため》という以上の理由が見いだせん」

「それは……」

確かに何もかも投げ捨てたくはなるかもしれない。

「ロニヤは、ああいう性格じゃからの、自分は何者か？　などと疑問を覚えはしても、そこから行動には移れん。優しい子じゃから、周りの期待に全力で応えようとする」

ロニヤがラウニと双子でありながら、ラウニとは異なり『今風の』普人族の喋《しゃべ》り方をするのも、彼女なりに礼を尽くしている結果なのだという。

「妾は妾で、妖精っぽい喋り方を模索しておったら、いつの間にかこんな喋り方が癖になってしまったがの」

「それってまさか――」

勿論、自分自身が何者であるのか……という問いの答えを探す、という意味もあったのだろう。

だが同時に、ラウニは、双子の妹の為に――ロニヤの『代わり』に『外』の世界を見てきて、立場に束縛されない姿を見せようとしたのではないのか。

「はて？　どうであろうの？」

とまたへらへらとラウニは笑う。

その笑顔はユーマ等が見慣れた『性悪妖精』の顔だったが。

あるいはそれすらもが、彼女が自分を探す上での試行錯誤の一つであったのかもしれない。普人族が――世間一般が思い描く『妖精族』の印象を裏切るような振る舞いは、一種の、世界に対する問い掛けであったのではないか。

「まあ自分には何が出来るか、何が出来ぬのか、それを確かめる為の旅ではあった。その意味で魔王討伐は丁度良かった」

「やっぱりついでじゃないか」

「まあ結果良ければ全て良し、そこは責めるな」

とラウニは両手を掲げる。

「結局のところ、妾は世界樹の巫女であると同時にロニヤの姉であり、勇者ユーマの仲間でもあり、酒飲みの性悪妖精でもあり、魔王討伐の英雄でもある」

「……そうだね」

「自分に肩書を押し付けておったのは、妾自身という事じゃな。好きなものを好きな時に選んで名乗ればよい。ただそれだけの事じゃ。百年を生きてこんな事にも気づけんとは我ながらなんという愚鈍さ」

と言ってひょいと傍《かたわ》らに置いていた術杖を手にすると、ラウニはこれをくるくると回して見せる。

「こんな簡単な事ではあるが、それに気づくきっかけになったという意味では、魔王討伐も無駄ではなかったのう」

「ラウニの自分探しのついでに討伐された魔王も気の毒に」

「ははは。まったくじゃな」

「……っていうか待って？」

とユーマは片手を掲げてラウニの台詞《せりふ》を思い返す。

「今、百年を生きてって言った？」

「おう。言うたがどうした？」

「ラウニ、百歳にもなって、自分探しとか……十代の女の子みたいな事言ってたの？」

「普人族と同じにするな。妖精の心は年輪を刻むが如《ごと》くゆっくりとじゃ。まあ、つまり百を超えても心はいつも十五歳、という訳じゃな」

と薄い胸を張るラウニ。

「年齢詐称……」

とユーマが苦笑していると。

「――母様！」

そんな声が響く。

ユーマが振り向くと、山のようにそびえる世界樹の幹の方から、三つの人影がやってくるのが見えた。

一人は長身の妖精族の青年。

残る二人はラウニ同様の小柄な妖精族の少女達。

「………って『母様』⁉」

その声は恐らくその少女達が発したもので。

つまり……

「待って、待って、まさかラウニって既婚者なの⁉」

「言っておらんかったか？」

と首を傾げる性悪妖精。

そこにラウニとよく似た、しかしより幼い印象の少女達が二人飛び込んできて、まるで子猫のようにじゃれついている。

「母様、いつまでたっても帰ってこないし！」

「お外の話、してくれるって言ったのに！」

と二人して左右からラウニを引っ張って文句を言う様子は、まるでラウニが幻影魔術か何かで三人に分裂したかのような不思議な光景であった。

そして——

「結局、妾は母であり妻でもある。その事も改めて思い知らされたわ。旅の途中で其方《そなた》らを思い出さぬ夜は無かったぞ」

と言ってラウニが眼《め》を向けるのは、苦笑を浮かべて立っている妖精族の青年である。

恐らくは彼がラウニの夫なのだろう。

こうして近くにいるのを見れば、実に似合いというか、夫婦なのだと言われれば何の違和感も覚えないくらいなのだが……

「え、え、でも、レ、レオナ——が」

と狼狽《ろうばい》するユーマ。

てっきりラウニはレオナと相思相愛なのだと思っていた。

種族を違《たが》えるが故に、表立って恋人同士だと表明する事は無いのだ、と勝手に考えていた訳だが……

「私がどうかしたか？」

と声を掛けてくるレオナに、失望や落胆の様子は無い。

むしろ聖騎士はラウニの家族を微笑《ほほえ》ましいものを見るかのような、慈《いつく》しみを含んだ眼で見つめていた。

「あ、あれ……？」

つまりはユーマの勘違いだったのか。

「あー…………」

やはり自分は何も分かっていなかったらしい。

そんな風に思ってユーマが頭を抱えていると。

「まあそれゆえ、トピアスよ」

とラウニは夫である妖精族の青年を見上げながら言った。

「これからは己の妻を『族長代理』などと呼ぶのは許さんぞ。次に呼べば殴るからの」

「それは――」

戸惑いの表情を浮かべるトピアスに指を突き付けながら。

「ラウニ、とだけ呼べ。良《い》いな」

「……分かりました。族長代――いえ。分かったよ。殴るのは勘弁してくれ、ラウニ。敬愛する我が妻」

トピアスは溜息《ためいき》交じりにそう言って手を差し伸べる。

「まずは、おかえり」

「おう。ただいまじゃ」

一度は振り上げた拳を解いて、夫の手をとり立ち上がりながら、ラウニはそう言った。

そして――

「――ユーマよ」

ラウニは肩越しにユーマを振り返る。

「悪いが妾も凱旋《がいせん》には付き合えん。元より『ついで』の旅じゃったのでな、魔王討伐の勇者様御一行、などと見得を切って王都に顔を出せるような資格も無い」

「……ラウニ、それは」

君までも？

そう言いかけて――しかしユーマは代わりに苦笑を浮かべて口をつぐんだ。

●

宴《うたげ》の翌日。

ラウニとロニヤが精霊魔術で造った橋が、妖精郷から俗世へと伸びていた。

応急修理してもらった馬車に乗り、ユーマ達はそこを通ってこの地を離れる事になったのだ。幸い、水の上に落ちたので馬達も足を痛めずに済んだようだった。

「もう少し滞在なされても……」

　とロニヤは何処《どこ》か残念そうな表情で引き留めるような事を言ってくれたが……ユーマ達も王都への帰還をいつまでも先延ばしにする訳にはいかない。

〈精霊の囁《ささや》き〉の法術を用いて魔王を討った事は報告済みだが、直《じか》に国王に逢《あ》って事の次第を告げねばこの旅は終わらないのだ。

「そうじゃぞ。何ならユーマだけでも、もう一晩泊まって、ロニヤに種付けを――」

「……ラウニ」

　ひたりと――まるで剣か何かのように、ラウニの首に術杖を当てながら眼を細めて唸《うな》るロニヤ。

「……まあ急ぐものでもないの」

　とラウニは肩を竦《すく》める。

「じゃがいつでも我等は『勇者様御一行』を歓迎するぞ。たまには遊びに来い。一度我等の里に渡った者は、うっすらとだが世界樹が見える筈《はず》じゃから、近くまで来て大声で呼べば、橋は造ってやる」

　ラウニによると、彼女が外で見聞きしてきた世界情勢を鑑《かんが》み、今後は定期的に『外』との交流をしていく事になったらしい。

長命種といえどいつまでも同じではいられないし、いてはいけない。伝統は大事だが、変わる事を拒んで世界に取り残されていては、いつか、大事な何かを見失う。

だから自ら変わる事を選択するのが大事。

それが少しずつであろうとも。

そうラウニが古老達を説得したらしかった。

「まあ、そうじゃな、五十年に一度くらいは顔を出せ」

「……まあ、生きてればね」

そう言って苦笑すると――御者台の上で手綱を打ち、ユーマは馬車を出発させた。

CHAPTER 3

聖騎士レオナ

SCENE BEFORE
DEFEAT THE DEMON KING
修行

第三章　聖騎士レオナ

聖騎士《パラディン》レオナ。

レオナ・アーチデイル。

託宣に謳《うた》われた『勇者と共に冒険し魔王を討ち世界に光を取り戻す』五人の一人。

最初にユーマと出会い、行動を共にするようになった仲間であり、元々は単なる開拓村の住人でしかなかった勇者に、剣術を教えた師でもある。


『なんていうか、頭の天辺《てっぺん》から爪先まで、貴族様！　って感じよね』


とボニータが評する通り――

その容姿は端麗にして優雅。

貴族らしい金髪と碧眼《へきがん》に加えて、目鼻立ちも隙無く整い、何げない仕草一つですら洗練されている。生まれた時から貴族社会で育ってきたが故に、当然の如く備わっている気品というものが、ただ何をするでもない立ち姿にすら、独特の雰囲気を漂わせるのだ。

一方で――

『強い。隙が無い。どんな修練を積めばああなるのか、想像もつかない。武門、というものは恐ろしい。彼等《かれら》は血統すら武器にする』

あのジャレッドにそう評される程に、レオナは強壮な武術家だ。

先祖代々の武門に生まれた者は、何の疑問も無く、読み書きを覚えるのと同時に武術を覚えるという。

武術を前提に眠り、武術を前提に呼吸し、武術を前提に飯を食い、武術を前提に立ち、武術を前提に座り、武術を前提に鼓動し、武術を前提に瞬《まばた》きする。

ユーマは、レオナが剣のたった一振りで、己の倍はあろうという魔族を同時に二体、瞬殺するところを見た事がある。瞬時に相手の力量と弱点を見抜いた上でそこを最速で躊《ちゅう》躇《ちょ》なく攻撃できる――それはもう完全に達人の域だ。

しかも――

『術を極めんとする余りに「道」を見失う者も少なくありません。ただ戦い壊し殺す為《ため》だけの生き物になってしまうというか。ですがレオナにはそれが無い。レオナの武門貴族としての真っ当さは、いっそ奇跡と言っても良いのではと思います』

グレアムがそう評するのも、『貴族の家柄』として『庶民の為に己と敵の血を流す為の武術』である事を連綿と受け継いできたからだろう。

戦う事が目的になっていない。

あくまで守るべきものを守る為の手段であるという事を、決して忘れない。常にそういう形で己を律し続けている。

聖騎士レオナとは、つまり、そういう人間なのだった。

●

馬車を街道沿いに停《と》めて野営の用意をする。

「焚火《たきび》の準備出来たよ」

とボニータが拾い集めた枯れ枝を並べながら言った。

旅に出た当初は生木を拾ってきて焚火にくべてしまい、やたら煙たい思いもしたものだが、既にこの一年でボニータもその辺は心得ており、枯れ枝集めも手早くなった。

斥候兵《レンジャー》を名乗る割には、ボニータの技能はあまり山野での生存術には通じていなかったのを、ユーマも不思議に思った事もあったが……魔王討伐を終えた今は、もうその辺の懸《け》念《ねん》は今更の事である。

そして——

「ラウニ、火を——」

と彼女は言いかけて。

「………あっ」

と少し慌てた様子で口を押さえる。

「…………」

ユーマは溜息をついて馬車の馬達を手近な草地に繋《つな》ぎ直しているレオナの方を見る。

聖騎士は黙々と自分のやるべき事をしているだけだが、どこか、その背中は疲れているようにも見えた。

「レオナ、焚火の準備が出来たって」

馬車の荷物の中から火打石を取り出しながら、ユーマはそう聖騎士に声を掛ける。

レオナはその秀麗な横顔に、夢から覚めたかのようにはっとした表情を浮かべて、ユーマ達のところに戻ってきた。

「ああ。すまない」

とレオナは言って指先で頬を掻《か》く。

それからユーマ達は妖精郷で分けてもらった魚の干物を木の枝に刺して炙《あぶ》った。

「そういえば魚の干物の炙りは、ラウニに教わったな」

「…………」

珍しくしみじみとした口調でそう言うレオナを見てユーマとボニータは顔を見合わせる。

出来るだけラウニの話題には触れないようにユーマは気を遣っていたのだが、レオナから言い出されると、無視する訳にもいかない。

「……まあ酒《さけ》の肴《さかな》にって話だけどね」

とユーマは苦笑を取り繕って言う。

実のところ、ユーマ達はあまり魚を食べる習慣が無かった。野の獣を狩るなり、家畜をさばくなりして、肉の類は食べる事が出来たからである。

海を観《み》ずに生涯を終える者も少なくないこの大陸では、魚と言えば淡水魚だし、少々癖のあるそれらを、好き好んで食べる文化が、少なくとも内陸部の普人族には無かったのだ。

初めてラウニに出会った際、あの妖精族《エルフ》の魔術師《ウィザード》は廃墟《はいきょ》になった町の片隅で自前の魚の干物――一夜干しだとか言っていたが――を軽く火で炙ったものをつまみながら、鉱精族《ドワーフ》の火酒を飲んでいた。

（いや、妖精郷で出た料理も菜食中心だったたし、あれってもしかしてラウニが妖精としても普通じゃないって事なのでは？）

これも今更だが、頭の片隅でそんな風にユーマは思う。

ともあれ――

「あ、あの、レオナ？」

とユーマはさすがに黙っているのも気まずくなってきて、口を開く。

「ラウニが居なくなって、というか、その、人妻だったのは、ええと残念……違うな、まあ、その嬉《うれ》しくない話だとは思うけど」

「…………ん？」

「心を強く持って、というか、気落ちしないで、というか」

首を傾《かし》げるレオナにユーマは慌てて掛けるべき言葉を探す。

他人の恋愛事情に何か助言できるような人生経験をユーマは持ち合わせていないが、単なる開拓村出身の小僧だった彼に、正統派剣術を教えてくれた謹厳実直な聖騎士には、何か恩返しがしたいと常々思っていたのだ。

だが――

「何の事だ？」

「え？　いや、だから――」

と不思議そうにしているレオナを前に、ユーマは益々《ますます》焦《あせ》って穏当な言葉を探す。聖騎士の心の傷に塩を塗り込むような真似《まね》は、彼としても本意ではないからだが――

「その、レオナが、なんだか疲れた感じに見えたから。僕等に出来る事があれば言ってね。多分、大した事は出来ないけど――」

「…………」

レオナが困惑するように眼《め》を瞬《まばた》かせる。

そして――

「あ、ユーマ、君、ひょっとして――」

と何かに気づいた様子でボニータが声を掛けてきた。

その声と表情には何か慌てたようなものが見えたが。

「え？　な、なに？」

「ああ、まあ、その、なんだ」

と珍しくレオナは困ったように視線を逸《そ》らす。

「生理がな……来てしまったのでな」

「ああ、そうかセイリ…………」

と慌てて頷《うなず》いてから。

「――へっ⁉」

と眼を丸くしてユーマは絶句した。

(せ、せ、生理って……生理ってあの、女の人に月に一度来るとかいう、ええと、だから、でもレオナは、え？　え？　お、男にも生理は来るとか？　いや、そんな馬鹿な、え、ええええ？)

未知なる衝撃にユーマの思考は千々に乱れる。

(む、昔、キャロルが、月に一度の『女の子の日』って言ってて……ああ、だから、だから、やっぱり女の子にしか……え、でも、レオナ？　レオナが？)

開拓村にいた頃、幼馴染《おさななじみ》が月に一度、具合が悪そうにしているのを見て心配し尋ねたら……顔を真っ赤にして引っぱたかれた事を思い出す。

「――ユーマ、君さ」

と燃え始めた焚火越しに、半眼でユーマを見つつボニータが呆《あき》れたように言った。

「前からそうじゃないかとは思ってたけど、レオナを男だと思ってたでしょ？」

「あ、え、いや、でも、だから」

としどろもどろになりながらも言い訳を取り繕おうとする勇者だが。

「…………ごめん」

結局、うまい言葉が見つからずにユーマはただ、頭を下げて謝罪する事を選んだ。

「ああ。いや。気にしないでくれ」

と苦笑してレオナが言う。

「言葉遣いも、化粧も、着飾る事も、裁縫や料理の手習いも……貴族の子女らしい事は全然してこなかったからな、私は。男だと思われても仕方ないというか、そう思ってもらえるように振る舞ってきた」

「……そ、そうなの？」

何故《なぜ》そのような事を？

そんな疑問がユーマの脳裏をかすめたが——

「ああ。つまり、ユーマの『ラウニの事で気落ちするな』という話もそれか。男である私が、女であるラウニに懸想《けそう》している、と思っていた訳だな」

「いや。懸想っていうか……たまに、二人だけで夜に居なくなってたよね？」

月に一度かそこらは野営の最中にレオナとラウニが姿を消す事があり、心配して捜しに行こうとしたユーマを、ボニータやグレアムが『野暮な事はするな』と止めた事が何度もあった。

だが――

（……月に一度？）

それはつまり。

「それも、まあ、その……生理の話だ」

と若干、頬を赤らめてレオナが言った。

「私は、その、生理痛が……そこそこ重くてな。グレアムに鎮痛の法術を頼むのも、その、気が引けたし、な」

「…………………あああああ」

とユーマは頭を抱える。

要するに月に一度、レオナとラウニが姿を消していたのは、ユーマ達、男性陣の目の届かないところで、生理痛の対処をしていたという事なのだろう。

魔術師といっても攻撃系の魔術しか使えない訳でもなし、痛みを抑える術もあっただろう。ラウニは薬草に関する知識も――本草学の知識も豊富だったので、鎮痛の薬を都合してもらっていたという事もあるのかもしれない。

何にしても——

「ごめんなさいごめんなさい」

と焚火《たきび》に頭を突っ込む勢いで頭を下げる魔王討伐の勇者ユーマ。

なんだかんだ言ってこの少年は、一年余りの旅で戦士としては大幅に成長したものの、日常生活における感覚——特に男女の機微を察する事については、未《ま》だ朴念仁の域を出ていないのである。

「いや、そう謝られてもな」

とレオナは片手を伸ばし、身を折るユーマを押して姿勢を正させる。

「私は、子供の頃から兄達に交じって剣を振り回していたから……気が付けば、自分でも女だという事を忘れがちになってしまってな」

レオナは——レオナ・アーチデイルは、代々、聖騎士《パラディン》や宮廷騎士を何人も輩出してきた武門の出だ。父も祖父も曽祖父も、王国史を紐解《ひもと》けばその名を何度も見る事が出来るくらいの名家なのである。

「我がアーチデイル家に限らず、武家の者は『二本足で立つ前に、剣を渡されて三本足で立つ事を覚える』——などと言われるくらいでな」

彼等《かれら》は、彼女等は、武術にその人生の大半を注《つ》ぎ込む。

それが自らの存在理由であるとでも言うかのように。

「騎士としての俸禄《ほうろく》を得ていると、他で働いて日々の糧《かて》を得る必要がないのでな、実際にそれが出来てしまう」

持てる時間の殆《ほとん》どを武芸の鍛錬に費やす事が出来る。

自分を戦士として最適化する事が呼吸する事と同義になる。

勿論《もちろん》、通常は男女の身体《からだ》の違いもあって、女性はある程度のところで限界を悟り、別の生き方に切り替える場合が多いが……幸か不幸かレオナの場合は兄達をもしのぐ剣の才が備わっていた為《ため》、『辞め時』を見失ってしまった、という事らしい。

「女の身体である事を疎《うと》ましく思った事もあるよ。それこそ、何故、月に一度はこんな風に体調を崩さねばならないのかと。私が、女である事をあまり表に出さないのは、そういう自分を騎士として恥じるような想《おも》いがあったから、かもしれない」

「レオナ……」

「………………ユーマ」

ふと何か思い出した様子でレオナは言った。

「ジャレッドが離れ、グレアムが離れ、ラウニが離れ、仲間は半減してしまった。それを寂しく思う君の気持ちはよく分かる。だから一度、王都に還《かえ》ってから、自分一人で改めて、とは思ったのだが……」

レオナの顔に何か柔らかい笑みのような表情が過《よぎ》る。

それは自嘲でも皮肉でも憐憫《れんびん》でもなく、純然とした——

「以前、寄った村に、立ち寄る事を許してはもらえまいか」

「以前、寄った村?」

「あ、秋頃に寄った、あの谷底の村? 段々畑が沢山あった——フランプトン、だっけ?」

とボニータが焚火を掻《か》きまわしながら言う。

「そうだ。食糧を分けてもらう代わりに、十日ばかり、収穫を手伝って滞在した村だ」

何かを慈《いつく》しむような笑みをその口《くち》の端《は》に改めて浮かべ、レオナはこう続けた。

「そこに、逢《あ》いたい人がいる」

●

その谷底にひっそりと、隠れるようにして存在する村に立ち寄ったのは、ユーマ達が——『託宣に謳《うた》われる勇者と五人の仲間』が揃《そろ》って半年ばかりが経過した頃だった。

早く魔王を討伐せねばならない。

魔族を束ねる王を暗殺する事で世界を救うという使命を託された六人は、焦りのせいか、強引に魔王の許《もと》へと急ぎ、その結果として待ち構えていた魔族の軍勢に包囲されるという経験を二度ばかりしていた。

「いかん。このままでは魔王を討つどころか我等が先に潰れるぞ」

そうラウニが言い、ジャレッドやレオナ、グレアムもそれに同意した。この為、ユーマ達は偶然見つけたその村――フランプトンに、休養の為、そして乏しくなってきた兵糧《ひょうろう》の補充もあって、しばらく滞在する事にした。

フランプトンの村は……魔族の被害に遭っていなかった。

谷底に在り、見つけにくいからか、王国の地図にも載っておらず、ユーマ達が訪れた際も、村人達は『託宣に謳われる勇者と五人の仲間』の事を知らなかった。

世間から隔てられているという意味では、妖精郷と似ている。

だからこそ、魔族と戦う事に疲弊したユーマ達が一時的に身を休めるのにはうってつけだった。魔王の指示なのか、あるいは軍略からか、それとも何らかの習性なのか……魔族達は街道沿いの、人の多い町や村から襲っていく傾向があったからだ。

ともあれ……

「…………さて」

村の中を歩いていたレオナはふと立ち止まって、周囲を見回した。

今、彼女は一人だった。

村に入る直前の戦闘でユーマとボニータが揃って重傷を負っており、ジャレッドはある魔族が吹き付けてきた毒を喰《く》らっていた為、グレアムとラウニがかかりきりで治療に専念しているのである。法術や魔術で傷そのものを即座に塞ぐ事は出来ても、身体を治癒する際に生じた疲弊までは無かった事に出来ない。

三人の治療にはあと数日はかかるようだった。

一方で鎧《よろい》で身を固めていたレオナは無傷で——かといって、応急処置ならともかく、倒れた仲間の介護が出来るような技能も持ち合わせていない。

つまり端的に言えば、レオナは暇を持て余していたのだ。

「斧《おの》でも借りて薪割《まきわ》りでもするか」

村の者達には、近々、農作物の収穫作業を手伝う事で、食糧を分けてもらう話はついていたが、ユーマ達が前述のような状態なので、それに取り掛かるのは早くても三日後である。

それまでレオナは、日課の訓練以外はやる事が無い。

村人達も多くは、日常の作業に忙殺されていて……時折すれ違う者達も道行くレオナの姿を一瞥《いちべつ》こそすれ、何か手伝ってくれと頼んでくる事も無い。

「さて、どこで――」

斧を借りようか。

そう考えたレオナの視界の端を何やら白いものが過った。

「――ん？」

見ればそれは白い犬だった。

全体的にふわふわした柔らかそうな毛並みであるせいか、一回り大きく見えているが、恐らく犬種としては中型犬に属するだろう。首輪をしている事からして、何処《どこ》かの飼い犬ではあるようだった。

「おいで」

とレオナは地に膝をついて犬を手招きする。

実家では父と兄が狩猟をよくしていた関係で、二頭ばかり猟犬を飼っていたのを思い出す。猟犬はレオナにもよく懐《なつ》いてくれたので、気が付けば彼女は犬好きになっていて……旅先でも、ついつい犬を見ると触りたくなってしまうのだ。

「おいで。おいで」

と何度か呼び掛けていると、のこのこと犬が近づいてくる。

相手を警戒させないようにとより身体を折って視線を低くしてやると、白い犬は『この人は犬好きだ』と分かったのか、駆け寄ってきてレオナの手を舐《な》めてくれた。

「おお、よしよし」

実家の犬達を思い出しながら、その犬の身体を撫《な》でるレオナ。

犬も嬉《うれ》しそうにしばらく、くんくんと甘えた声で鳴いていたが――

「――っ!?」

不意にレオナと犬の上に影が落ちる。

途端、嬉しそうに尻尾を振っていた犬が、びくりと震えた。

「おい――」

と声を掛けるも、犬は低く警戒の唸《うな》り声を出しながら身をよじって、レオナの腕の中から抜け出すと、走り去ってしまった。

一体何が？

そう思ってレオナが振り向くと――

「あああああ……」

そこに一人の青年が立っていた。

質素な、しかし動きやすいように、ゆったりとした仕立ての野良《のら》着姿だ。

何かの作業中だったのか前掛《エプロン》けをしており、麦わら帽子の下には、何処か山羊《やぎ》を想わせる朴訥《ぼくとつ》な顔が在った。

「また逃げられた……」

「……あなたは？」

とレオナが立ち上がりながら尋ねると、改めてレオナの存在に気が付いたかのように、慌てて青年は姿勢を正した。

「俺は、ダリル、農民です。ええと、確かあなたは」

「一昨日からこちらで厄介になっている旅の者だ。名は——レオナとだけ」

貴族の端くれとして、家名を名乗る事も出来たが……素性を隠して魔王討伐の旅、その最中、殊更に家名まで名乗るのはあまり意味がない事のように思えた。

「ええと、レオナさんは、犬に好かれるんですね」

と……何かまぶしいものでも見るかのような、憧れを含んだ眼《め》をダリルはレオナに向けてくる。

「俺はどうにも、動物に嫌われやすくて……村じゃ鶏とか山羊も飼ってるんですが、その手の場所には来るなとよく怒られます」

「そういう人はたまにいるが……」

大抵の家畜は餌をくれる相手に無条件で懐くとはいえ……動物にも懐く相手を選ぶ自由というか、好みの差はあるだろう。

むしろレオナからすると、身の丈こそレオナと同じくらいだが、筋骨隆々という訳でもなく、この人畜無害を絵に描いたような青年が動物から嫌われる理由がよく分からなかったが。

（上からいきなり撫でようとすると、まあ、嫌がられるが）

犬でも猫でも、直立歩行の人間の感覚で上から手を伸ばすと、まるで叩《たた》かれる、押さえつけられるように感じる事があるらしい。レオナが先程、犬の前でまず跪《ひざまず》いて見せたのも、それを回避する為だ。

ともあれ――

「これも何かの縁か」

「……え？」

「すまないが、もし家に斧か鉈《なた》でもあれば借りられないか。傷を負った仲間が未《ま》だ療養中でね。村の収穫を手伝う訳にもいかず、手持無沙汰なのだ」

と言ってレオナは何も握っていない空の右手を上下に振って見せる。

「薪割りならしておいて悪いという事はないだろう。もうすぐ冬が来るのだろうし」

「ああ、なるほど――はい、うちまで来ていただければ、鉈、お貸しできます」

とダリルは頷《うなず》いてから。

「でも、ええと」

何やら思案顔で唸っている。

やがて――

「女の人に薪割りとかの力仕事をお願いするのはちょっと気が引けるというか……」

「…………」

言葉に詰まるレオナ。

魔王討伐の旅に出てからは、何十、何百という人間と会ってきたが、鎧を着け、髪を結って束ねている状態のレオナを初見で女性と見抜いた人間は、この青年が初めてだった。

「あっ……えっと、何かまずい事を俺、言いました？」

「いや。別に」

とレオナは首を振った。

●

ダリルは面白い男だった。

この何処か山羊のような青年は、とにかく動物に嫌われているらしく、彼が歩けば茂みに潜んでいた鳥や獣が慌てて逃げ出すのだ。何がそんなに動物を遠ざけるのかは分からないが、その度に彼はひどく哀《かな》しそうな顔をして、何度も溜息《ためいき》をついていた。

その様子が妙におかしくて、レオナはついつい笑ってしまう。

「本当に嫌われているな。いや。失敬」

「はぁ……」

動物に嫌われてはいるものの、ダリル自身は動物好きというのが気の毒な話でもあり、滑稽でもあり。

ダリルの家……というか小屋は村はずれに在った。

比較的建てられて新しいそれを囲むように、花畑と果樹園が在り、どうやら彼はそれらの世話をして生計を立てているようだった。

「害獣に荒らされなくてよいな」

と、逃げていく鹿の後ろ姿を見ながら苦笑するレオナ。

ダリルは長い溜息をつきながら、彼女を家の中に招き入れ、道具入れに入っていた鉈を取り出して、レオナに渡してきた。

「………………」

「どうしました？」

「いや。随分と立派なものを使っているのだな」

とレオナが評したのは、その鉈が通常のものよりも一回り以上大きかったからである。

薪割りに使うには十分な代物ではあるが、ここまで大きいと重量も相当なもので、扱う人間に負担がかかる。

勿論《もちろん》、日頃から鍛えているレオナには問題がないが、持ち主のダリルがこれを軽々と扱う様は今一つ想像がつかなかったのだ。

「俺達が村に来た際に譲ってもらったものですね」

「俺達……ご家族でも？」

この小屋にダリル以外が住んでいるようにも見えないのだが。

「あ、いえ、その」

とダリルはしばらく適当な言葉を探していたようだったが、諦めたように溜息をついてこう言った。

「俺達、皆、もっと北の方から来たので……」

「北？　ひょっとして魔族に村を？」

魔王の『城』が在るのはこの村から見て北の方だ。

そして魔族は皆その『城』から這《は》い出《で》てきて、この世界に広がっていったのである。

ユーマのいた開拓村のように、魔族の軍勢に滅ぼされた町や村は幾つもある。そうしたところの住人が逃げ延びて、ここに安住の地を見つけたという事かもしれない。

谷底にあるという事もあって、この村は魔族の脅威が降りかかっていないのだろう。

「ええまあ……」

と――あまり思い出したくない記憶なのか、曖昧に頷くダリル。

家屋が新しめなのも、ダリル自身がこの村にとっては新参者だからなのだろう。

「……不愉快な話を聞いたか。すまない」

「え？　いえいえ、大丈夫ですよ」

と頭を下げるレオナに、ダリルは慌てた様子で首を振る。

「やめてください、騎士様。頭を上げて」

「……ありがとう。だが一つ約束しておこう」

レオナはダリルの顔を見据えて言った。

「君達はいずれ故郷に戻れる」

「……え？」

「魔王を討ち魔族を追い払う、『勇者とその仲間』がいるからだ。彼等《かれら》は必ず勝利する。

勝利して魔族に占領された土地を解放する」

「…………」

「だからひとまずの辛抱だ。ああ、この村が気に入っているのなら、無理に戻る必要はない訳だが」

そう言うとレオナはダリルの小屋を出る。

彼は外まで見送りに出てきて——

「あの、騎士様、いえ、レオナさん」

「……なんだ？」

とレオナが肩越しに彼を振り返ると、彼は何か戸惑うように眼を伏せていたが……

「いえ。なんでもありません」

「そうか。とりあえずこれを借りていく。返しに来るのは今晩でよいか？」

「はい、それは勿論。普段、あんまり使わないものですし」

と言って笑うダリル。

その飾り気のない素朴な表情、険を含まない柔らかな笑顔が、レオナには何処《どこ》かまぶしく見えた。

それからレオナは毎日——七日ばかり、ダリルの小屋に通っては、鉈を借り出し、近くに生えている樹《き》の枝を払ったり、細めの樹を切り倒し薪にしたりして過ごした。

ダリルは丁寧に花と果樹の世話をし、時間が空けばレオナと共に村から少し離れた場所にまで出て、薪《まき》の材料になる樹を切り倒すのを手伝ったりしてくれた。

「大丈夫か？　重くはないか？」

「それ、レオナさんが言いますか？」

そんな風に笑い合いながら、二人して丸太を抱えて村に戻った事もある。レオナはともかく、見た目に反してダリルも相当な力持ちのようで……左右の腕に一本ずつを抱えても、まるで平気な顔をして歩いていた。

そして——

「レオナさん！」

と山林の中でダリルが声を上げる。

レオナが駆け寄ると、そこには地面にしゃがみ込んだダリルの姿が在った。彼は何かを両手ですくうようにして捧《ささ》げ持っている。

それは——

「——雛《ひな》か」

どうやら近くの木の上の巣から落ちたらしい雛だった。

既に飛べそうな大きさに育っているのだが、未だ巣立ちが出来ていないらしく、摑《つか》まれている訳でもないのにダリルの掌《てのひら》の上で震えるばかりで、一向に逃げようとしない。

「うわ、うわ、凄《すご》い、初めて俺、鳥に触れましたよ。可愛《かわい》いなあ」

とダリルは満面の笑みを浮かべている。はしゃいでいると言ってもいい。

本当に嬉《うれ》しいのだろう。

だが——

「……ダリル、それは……」

「どうしたんですか、レオナさん？」

「…………」

レオナは狩猟を嗜《たしな》んでいる父から教わった事がある。

中途半端《ちゅうとはんぱ》に成長しながらも、巣立ちできずにいた雛は、やがて、親鳥に巣から突《つつ》きまわされ、追い落とされてしまう事がある。

親鳥は次の卵を産んで孵《かえ》さねばならず、巣立ちできない『出来損ない』にいつまでも居座られると困るからだ。

非情な、とは思うが、これは野生の掟《おきて》とも言うべきもので、人間の感情を差し挟んでもどうなるものでもない。人が親鳥に説法をして行いを悔い改めさせる訳にもいくまい。

（だが……既に親から餌を貰《もら》う事に慣れてしまっている雛は……）

そうした雛を拾っても、人の手でこれを育てる事は至難だ。

雛とはいえど野鳥であり、人間には警戒心を抱く。

巣立ちして当然の大きさにまで育っていれば尚更《なおさら》だ。

かつて――幼い頃、兄が戯《たわむ》れに拾ってきた雛を育てようとした事がレオナにはあるが、雛は全く餌を摂《と》らず、二日ともたずに死んだ。

「レオナさん？　あ、そうだ、この雛、巣に戻してやれませんかね？」

「いや。多分、人の匂いのついた雛を親鳥は警戒するだろう」

とレオナは言った。

「あ、そうか。俺が触ったなら尚更ですね」

とダリルが表情を曇らせる。

「………」

自分でも何故《なぜ》かはよくは分からなかったが、レオナは、残酷とも言うべき真実をこの優しい青年に告げるのは躊躇《ためら》われた。

だから――

「じゃあ、俺が連れて帰って育てますよ！」

名案！　とばかりに表情を輝かせてダリルは言う。

その顔には何の不安もにじまぬ、明るい決意が漲《みなぎ》っていた。

そして――

「…………ああ。そうだな」

多分、その雛は三日ともたないだろう。

そんな一言がどうしても言えず。

翌日――ダリルの小屋を訪れたレオナは、冷たくなった雛の死骸と、哀しげな顔で立ち尽くしている青年の姿を見る事になった。

●

更に三日が経過した。

ようやくユーマ達は体力を回復して動けるようになり、村の畑の収穫を手伝う事になったらしかったが、レオナは変わらずダリルの小屋に通っていた。

ダリルは――仕方がないのだと、何とか気持ちの切り替えは出来たようだったが、雛が死んだときの彼の顔を思い出すと、レオナは放っておく事が出来なかったのである。

(どうせ長生きできない命ならば……)

せめて水の一滴でもダリルの手から飲んでくれれば。

彼の心に傷を負わす事も無かったろうに、いや、彼の真摯な優しさが分かった雛も、安らかに逝《ゆ》けただろうに――などと理不尽な事すらレオナは思った。

勿論、それが見当違いの恨みであると分かる程度にはレオナにも分別がついていたが、それ程に雛の死骸を前にしたダリルの落ち込みようはひどいものだったのである。

そして――

「――うわっ!」

ダリルと共に樹を切っていた最中。

空が曇ってきたかと思うと――そのまま程なくして、突然の大雨に降られ、二人は瞬《また》く間《ま》にずぶ濡《ぬ》れになってしまった。

「これはたまらん――」

ダリルと共にレオナは彼の小屋に向かって走り、扉を開いて中へ転がり込んだ。一歩歩く度に髪から、服から、ぼたりぼたりと大きな水滴が落ちては、床板の上に小さな水たまりを作る。

既に季節は秋、夕刻になれば急速に冷え込む。

なので慌ててダリルは暖炉に火を入れようとするのだが――彼自身がずぶ濡れである為《ため》、薪が湿気《しけ》って火がつかない。

「ダリル。落ち着け。火よりまず身体《からだ》を拭くんだ。何か大きめの布は無いか？」

鎧《よろい》を外しながらレオナはそう指示を出す。

「あ、は、はい」

ダリルは何度も頷《うなず》きながら、小屋の端にある、唯一の大型家具――雑な造りの箪笥《たんす》に駆け寄った。彼は一番下の引き出しから灰色の布を取り出して、レオナを振り返り――

「…………！」

そこで凍り付く。

レオナが鎧を脱ぎ、その下の服も脱いで、下着姿になっていたからだろう。普段は鎧の胸当てで押し潰されている胸も、同じく鎧の腰当ての厚みで分かり辛《づら》い腰のくびれも、今は普通に――本来の形を取り戻して、さらけ出されていた。

勿論《もちろん》、レオナは今更、下着姿を見られる羞恥心など感じる事も無かったのだが――

「あ、あ、え、あの」

とはっきり狼狽《ろうばい》しているダリルを前にしていると、なんだか自分がとんでもなく破廉恥な事をしているような気になってきた。

「いや、その、み、見るな」

「あ、はい、すみません」

とぎくしゃくしながら、ダリルの差し出す布を受け取り、身体を拭くレオナ。

「………」

拭き終わった布をダリルに返すと、彼もごしごしと身体を拭いていく。

やがて――

「………っくしゅ」

別に機を合わせた訳でもないのだが。

レオナとダリル、二人の口から同時にくしゃみが出ていた。

一応、ダリルが身体を拭いている間に、レオナが暖炉に火を入れる事には成功したものの、小屋全体が暖まるまでにはどうしても時間がかかる。

なので――

「あ、あの、使ってください」

とダリルがもう一枚、乾いた布を簞笥から引っ張り出して差し出してくる。元々寝台に使うものなのか、それはかなり大きかったが――

「君はどうするんだ」

「いや、ええと、俺は――」

「………」

躊躇《ちゅうちょ》はした。一瞬だけ。

そして――

「……一枚しかないなら、一緒にくるまるしかないだろう」

とダリルに手を差し伸べながら言った。

「え、でも、レオナ、さん――」

「早く。寒い」

「あ、はい」

共に下着一枚ずつの半裸、二人して暖炉の前に座ると、身を寄せ合って、その上から布を被《かぶ》った。

剝《む》き出《だ》しの肩が互いに触れ合い、温《ぬく》もりを融通し合う。

どちらがより冷たいという訳でもなく、ただ、ゆっくりと上昇する体温が、雨に奪われた熱を相互に補おうとしていた。

「……まあそう畏《かしこ》まらないでくれ」

とレオナは苦笑しながら言った。

「汗臭いわ、肌は硬いわで、男とくっついているのと大差ない――」

「と、とんでもないです⁉」

とダリルは叫ぶように言った。

「とんでもないですよ、そんな！」

「え？　あ、そ、そうか」

思わず肩からずり落ちそうになった布を摑んで戻しながらレオナは眼《め》を伏せる。

「すごく、その、嬉しいっていうか、恐れ多いっていうか」

「…………」

「とにかく、男とくっついてるのと大差ないとか、そんな事全然ないですよ。俺、その、すごく――落ち着かないっていうか。いや、落ち着かないって言っても、別に、怖いとかそういうのじゃなくて、胸が――その」

「……そうか」

くすりと笑みがレオナの口から洩《も》れる。

実のところ、レオナも何処《どこ》か落ち着かない気持ちがあったのだが、ダリルの慌てぶりを見ていると、むしろ彼女の方が落ち着かざるを得ない。

　やがて──

「…………」

　ぱちぱちと暖炉の中で薪《まき》が爆《は》ぜる。

　ゆっくりと広がっていく暖気のお陰で、レオナもダリルも震えは止まっていたが、二人はそのまま一枚の布の下で身を寄せ合っていた。

「……そういえば着替えは……ないのか？」

　とレオナが問うが、ダリルは動こうとはしない。

　自分はともかく、ダリルは着替えの一枚くらいはあってもおかしくないと思ったのだが。彼はあくまでも下着姿のレオナに付き合うつもりのようだった。

「…………レオナさんて」

　そしてまたふと思い出したようにダリルが身じろぎする。

「眼が青いからでしょうか。蒼《あお》い服が、似合いそう」

　彼は炎からレオナの方に視線を移してそう言った。

「……そうか？」

「そうですよ。多分」

「……物心ついてからずっと、着飾るなんて事をしてこなかったからな」

とレオナは苦笑する。

「何色が似合うなどと、考えた事も……ああ、いや、父上に一度、言われたな。蒼が似合うから、夜会着《ドレス》の一着でも仕立てたらどうかと……私は新しい剣をねだってしまったので、ついぞ、着た事はないのだが」

自分は女である前に騎士なのだ。

そう言い聞かせて今日まで来たが——

（狼《おおかみ》は狼たることを己に言い聞かせたりはしない）

自分に言い聞かせ続けるという事は、そうしなければ騎士でなくなってしまうのではないかという不安を抱えていたからではないか。

「……あの。夜会着は無理ですけど」

「うん？」

「つ、次の機会があったら……いや、機会っていうのは、変ですけど、とにかく、その、こういう事があっても、いい、ように」

ダリルは眼を逸《そ》らして頬を赤らめながら言った。

「着替えを……蒼い服を用意、しておきます」

きっとレオナさんに似合うから。
そう告げてダリルは――恥ずかしそうに自分の膝に顔をうずめた。

●

「――うわっ！　甘ったる！」

と御者台の上で身をよじるのはボニータである。

「ユーマ、アタシ達のろけられてる？　のろけられてる？　これってあれだよ、現地妻
……じゃなくて、現地婿？」

「いや、ええと……どうかな。普通にお婿さんでいいんじゃ……？」

とボニータの隣に座って手綱を握りながら、ユーマは荷台の方を振り返る。

件《くだん》の村での、ダリルとの思い出を語っているレオナは――普段と変わらない顔立ち、変わらない装《よそお》いである筈《はず》なのに、何処かその横顔は、艶《あで》やかな少女のそれにも見えた。

（本当、グレアムやラウニだけでなく、レオナの事まで……僕は何も知らなかった訳で
……いや。この場合は何も見てなかった、か）

レオナがこんな側面を持っているのだと、ユーマは今の今まで知らなかった。

しかもこれは出会う前の話ではない。自分はレオナと一緒に行動し、同じ村に滞在して

いた筈なのに、そんな出来事があった事もまったく知らなかったのだ。

「つくづく僕の目は節穴だね……」

とユーマが溜息《ためいき》をつくのが聞こえていたのかいないのか。

レオナは荷台の上に座りながら、遥《はる》か彼方《かなた》の山を見遣《みや》っていた。

「まあ……その後も、村を出るまでは毎日、ダリルの家には出向いていたのだが」

「へええ。タガが外れると一気にハマっちゃうって聞くけど、本当なんだねぇ」

「何の話だ？」

「さあ？」

とボニータはにこやかに笑って首を傾《かし》げる。

「それからどうしたの？」

「村を出るときに……少し揉《も》めてな」

「揉めた？」

とユーマは眉を顰《ひそ》める。

今の話を聞く限り揉める要素など皆無だと思ったのだが。

「行くな、と止められた」

「…………」

「…………」

御者台の上で顔を見合わせるユーマとボニータ。

それはつまり――

「……魔王討伐に、って事？」

「そうだ」

レオナはわずかに表情を曇らせて頷《うなず》いた。

「それじゃ……」

生真面目な聖騎士《パラディン》に、使命を放棄して、世界の危機を見過ごして、惚《ほ》れた男と田舎暮らし、などという真似《まね》が出来る筈がない。

「ああ。だから、もう遅いかもしれないが……彼は……待ってくれてなどいないかもしれないが」

レオナはしかし晴れ晴れとした表情で言った。

「魔王を討ち果たし、騎士としての務めを果たした今、私は、一人の女としてダリルに会いに行ける。ジャレッドの話を聞いて、グレアムやラウニの姿を見て、そう思った」

「いやいや。たった半年じゃん、待ってない筈ないでしょ！」

とぱたぱたと手を振りながらボニータが言った。

「――好きです」

村を出ると決まった日の――前の晩。

鉈《なた》を返しに来たレオナにダリルは真剣な表情でそう言った。

「行かないでください」

自分の手を摑《つか》んでそう訴えてくる青年に、レオナはしかし困惑の表情を浮かべるしかなかった。

「どうか俺とここで暮らしてください。お願いです」

「ダリル――私は」

「お願いです。どうか、どうか、レオナ……！」

と彼は摑んだ手を引き自分の額に当てながらそう何度も懇願する。

思わず首肯しそうな自分に気づいて、レオナは唇を噛《か》んだ。

「……駄目だ。それは駄目だ。ダリル」

「レオナ……！」

「ダリル。聞いてくれ」

レオナは両手を伸ばしてダリルの頬を挟み込む。

眼を逸らされないようにそうしてから、彼の瞳を覗《のぞ》き込んでこう続けた。

「魔王を滅ぼさなければ、君と私が共に暮らせる世界は来ない」

「それは——違います、それは」

「違わない」

駄々をこねるように首を振ろうとするダリルに、しかし強く彼の頭を押さえながらレオナは言った。

「魔族を滅ぼさねば人間が滅ぼされる。生きるか死ぬかの戦争なのだ。この村だけいつまでも奴等《やつら》に見逃されるなどという道理は無い。ましてや現に、今、魔族に殺されている無《む》辜《こ》の人々がいる以上、聖騎士たる私は、その事実から眼を背けて生きていくことなど、出来る筈がない」

「…………でも」

「魔族は、奴等は、邪悪で、滅ぼすべきバケモノだ！」

「…………ッ！」

初めて聞くレオナの強い叫びに、ダリルは息をのむ。

そして——

「奴等に殺された人々の死体を幾つも見てきた。数えきれないくらいに、沢山、見てきた。生きる為《ため》の道理が根本的に違う。奴等は一匹残らず駆逐せねばならない。そうでなければ、この世界は、滅びる」

レオナの覚悟が伝わったのだろう。

彼女の手に重ねられていたダリルの手が力なく落ちる。

涙に潤む彼の眼《め》を見つめながら、レオナは萎えそうになる気力を振り絞って言った。

「必ず、私は魔王を討ち滅ぼして戻ってくる。必ずだ。たとえ志半ばで倒れたとしても、心は、鳥のように、飛んでこの地に、君のところに還《かえ》る。そう我が剣に懸けて誓おう」

「レオナ……」

「だからお願いだ。待っていてくれ。いや。待っていなくてもいい。待てないと言われても私には返す言葉が無い。だから、ただ、私を行かせてくれ。この世界を守る為に——君のいるこの世界を、私に、どうか、守らせてくれ！」

そう告げてレオナはダリルの頰から両手を離す。

最早《もはや》、百万言を費やしてもレオナを引き留める事は出来ないと理解したのだろう。彼はただただうなだれて——

「しばし、さようならだ」

未練を断ち切るように背を向けるとレオナは彼の家を出る。

「…………………ダリル」

翌日――

旅立つユーマ達を、見送る村人達の中に、山羊《やぎ》のような青年の姿は見いだせなかった。

●

草木深い山林を抜けて。

切り立った崖を注意深く進み。

やがて――

「見え……た」

御者台の上でレオナが感慨深げに呟《つぶや》く。

斜面に幾つも造られた段々畑。そしてその向こうに並ぶ幾つもの家々。夕暮れ時の暖かい光の中、季節は違えど、半年余り前にユーマ達が訪れた時と、ほぼそのままの風景がそこには在った。

「ダリルは……待っていてくれるだろうか」

呟くようにレオナがそんな事を言う。

ずっと男性だと思い込んできた聖騎士の秀麗な横顔は、今改めて見ると、恋に怯《おび》える乙女のそれのようにしか見えない。つくづく人間の認識というものは、事前に与えられたあれこれで変わってしまうものなのだという事をユーマは思い知らされた。

（先に、皆の事をもっとよく知っていたら、どうなっていただろう？）

むしろ魔王を討つ事など出来なかっただろうか。

それとももっと早く少ない犠牲、少ない被害で、世界を救う事が出来ただろうか。

今更、もし、などと考えても詮無い事だとは知りつつ、ユーマはそんな事を考えていた
——が。

「……あ」

と道の先にボニータの姿が見える事にユーマは気付いた。

斥候兵《レンジャー》である彼女は、何処《どこ》かの町や村に入るとき、大抵の場合に先行してその様子を確認してくれる。もし町や村が魔族の軍に蹂躙《じゅうりん》されて滅んでいた場合、廃屋の中に魔族が隠れてユーマ達を待ち構えている恐れもあったからだ。

勿論《もちろん》、既に魔王討伐は終わった今、要らぬ心配という考え方もあるが——グレアムの故郷ワージントの町の時も、町に入る前、事前に周囲を調べていたからこそ、ああいう結末になった事を想《おも》えば、ボニータの先行偵察そのものは悪い事ではない筈だった。

ただ――

「ボニー…………？」

声を掛けようとして、しかし彼女が眼を伏せているのにユーマは気付いた。改めて見れば彼女は棒立ちになっており、その両の拳も強く握りしめられている。

まるで何かを堪えるかのように。

そして――

「ボニー。どうしたんだ」

と馬車が彼女のすぐ傍《そば》にまで達した時、レオナが声を掛ける。

だが小柄な斥候兵の少女は俯《うつむ》いたまま答えない。

遠くから眺めるだけならば、特段の変化が無かったように思う村の風景だが、実は何かあったのだろうか。

そんな風に思って、ユーマはもう一度、村の様子を見遣る。

「…………あ」

そこで彼は気付いた。

既に時刻は黄昏《たそがれ》時……太陽は山の向こうに姿を隠し、刻一刻と風景には影が増えていく時間だ。夕餉《ゆうげ》の支度に入っている家も多いだろう。

なのに……煙突や窓から竈《かまど》の煙が出ている家が少ない。恐らくかつてユーマ達が見た風景に比べて、立ち上る煙の数が、眼に見えて減っている。

勿論、既に夕食を済ませて、竈の火を落とし、就寝準備に入っているだけなのかもしれないが……

（村人の数が……減ってる？）

「ボニー？」

とレオナは馬車を停《と》めて降りながらボニータに詰め寄る。

何か普段と様子の違う彼女に、不穏なものを感じたのだろう。

「レオナ……あの、落ち着いて、聞いてね」

斥候兵の少女は、肩を摑まれて顔を上げる。

「もう……ダリルって人はいないんだって……聞いた」

「……それは……どういう事だ、彼はこの村を出ていったのか？　ひょっとして元居た村に還ったのか？」

とレオナは問うが、ボニータはただ首を振って。

「…………ついてきて」

彼女はそう言って歩き出した。

●

フランプトンの村の外れの——ダリルの小屋のすぐ近く。

そこにそれらは並んでいた。

「…………」

ただただレオナは呆然《ぼうぜん》と立ち尽くす。

一抱え程の直径の盛り土と、その上に置かれた小さな石碑。

石の上にはそれぞれ名前が彫られていた。

ブレント。マーサ。トラヴィス。アルマ。エクバート。ローラ。ベラ。クリフトン。ホレイシオ。スザンナ。ターラ。デレク…………………そして、ダリル。

「……馬鹿な……何故《なぜ》……？」

とレオナはその場に膝をつく。

これは、これらは、墓だ。

何十という墓が、そこには在った。

元から在った村の墓地ではない。少なくともユーマ達が村に滞在していた頃にはこんな墓地は無かった。

改めて見れば、刻まれた文字も何処か乱雑で、改めて——そして恐らくは大慌てで造られたものだという事が分かる。

「まさか私達が発《た》った後に魔族が……？」

「いや……多分違うよ、これは」

とユーマは首を振る。

魔族が攻め込んできたというのなら——そして何十何百という死者を出す程の争いがあったなら、村の風景がほぼ以前と変わらない事の説明にはならない。ユーマ達が此処《ここ》に来るまでに見た限り、村の建物には損壊した様子は無かった。

ただ村人達の表情だけが……どこか暗かった。

「じゃあどうして……⁉」

とレオナは地に膝をついたまま、ユーマを振り返って問うた。

だがユーマにも答える事など出来はしない。ここまで二人を案内してきたボニータもまただ俯くばかりだった。

一体、何が起こったのか。

魔族に攻められた訳でも、村人同士で諍《いさか》いがあった訳でもないのなら、何故こんなにも沢山の墓が造られているのか。

流行《はや》り病か。あるいは土砂崩れや洪水といった事故や災害の類か。

それとも──

「馬鹿な、こんな馬鹿な、ダリルが私の事を待てない、私を見限ったというのなら、それは分かる、それでも良かった……良かったのだ、彼の手を振り払ってこの村を発ったのは私だ、それは仕方ない、だから……」

両手まで地面について レオナは慟哭《どうこく》する。

「嗚呼《ああ》、だが、何故、どうして、彼が死なねばならない……？」

理不尽だとはユーマも思う。

だが大抵の場合に人の死は理不尽なものだ。

別れの言葉の一つも言えずに人は居なくなる──それをユーマはよく知っていた。開拓村にいた彼の両親も、妹も、友達も、近所の人達も、吟遊詩人を目指していた幼馴染《おさななじみ》の少女も、ある日、突然居なくなってしまったのだから。

「……勇者様」

ふと掛けられた声に顔を上げると、そこには一人の小柄な老人が立っていた。白い頭髪は少々寂しく、手には杖《つえ》を──魔術師らの使うものではなく、ただ歩行の助けに使う為の単純な木の棒を持ち、質素な野良《のら》着を着ている。

この老人にユーマは見覚えがあった。

「村長……」

ユーマ達が治療と回復に専念している間、世話になったフランプトンの村の長《おさ》である。村に滞在中は、宿の代わりに彼の家の納屋《なや》を借りていたのだ。

「やはりあなた達が勇者様とそのお仲間だったのですな……」

と村長は何処か寂しげな表情を浮かべて言う。

魔王の討伐に成功した英雄と会えた事を喜んでいる、という風ではない。むしろ彼の表情にはユーマ達を憐《あわ》れむかのような色すらにじんでいた。

「あ……その。隠していたのは」

「分かっております。我々の村に累が及ばぬようにでありましょう。魔王を討つ旅、託宣に告げられた勇者、と聞けば血気盛んな若衆《わかしゅ》は、身の程をわきまえずに同行したがったでありましょうし……」

かといって中途半端《ちゅうとはんぱ》な実力の者がついてくれれば、むしろ足手まといになりかねない。ユーマ達も他人を守りながら使命を遂行できるような余裕は無かったのだ。

ただ――

「よろしければうちにおいでください。事の顚末《てんまつ》、決して単純なものではありませんが、一通りを語る程度の事は……この老骨にも出来ましょう」

そう言って老人は踵《きびす》を返《かえ》すと、ユーマ達の返事も待たずに歩き出した。まるでユーマ達には他の選択肢など無いのだと、分かっているかのように。

●

「——当初は我々も彼等《かれら》が何者なのか分かっておりませんでした」

村長はユーマ達に手ずから入れた茶を出しながらそう切り出した。

確か村長の家には非常に仲睦《むつ》まじい息子夫婦が居た筈《はず》で、以前はその嫁が客に茶を出していた筈なのだが……ユーマ達は、家に入ってから全くその姿を見ていない。

(ひょっとして……)

その嫁もあの墓の下にいるのだろうか。

「魔王の軍勢に滅ぼされた、近くの村から逃げてきたのだ——と彼等は言っておりましたが。我々にその真偽を確かめる術《すべ》などあろう筈もなく、また彼等が嘘《うそ》をつく理由も思い至らなかった為《ため》、我々はごく自然にその話を信じたのです」

「……つまり……?」

とユーマが促すと、老人は溜息《ためいき》をついて小さく首を振った。

「結論から言いましょう。彼等は魔族でした」

「――ば、馬鹿な⁉」

がたんと椅子を鳴らしてレオナが立ち上がる。

「魔族といえば言葉も話さず、人間をただただ襲う、バケモノどもだろう！　人に似た形の魔族も見かけはしたが、角が生えていたり、尻尾が生えていたり、あくまで似た姿というだけで――」

「騎士様が驚かれるのも当然でしょう」

村長はやはり憐れむような眼《め》を彼女に向けて――

「息子もそれを知った時には動揺しました。嫁が魔族だなどと考えもしなかった」

「…………」

ユーマは無言で頷《うなず》いて先を促す。

レオナはボニータに手を引かれ、再び椅子に座り直した。

「息子によれば……ある時、嫁が泣きながら詫《わ》びてきたそうです。自分は人間ではない。人間に姿を似せただけの魔族であると」

「…………」

「どうしてそんな事を今更言うのかと問えば、嫁は『人間の姿を真似《まね》、人間の生活を真似る内に、人間の気持ちが分かるようになった』と答えたそうです」

「変身種《シェイプシフター》……」

とボニータが呻《うめ》くように呟《つぶや》く。

魔族の中には確かにある程度まで自分達で姿形を変える事が出来る個体が居た。たまに人間に擬態した個体が襲ってくる事もあった為、当初は要警戒な敵であったが——

(大体は言動がおかしかったり、動きがおかしかったりして、すぐにぼろが出た筈だけど……)

そもそも変身していられる時間もそう長くなかった筈だ。

だからそうした特性が分かった後は、変身種の脅威度は随分と下がる事になった。

「魔族にはある程度まで自分で姿形を変える力を持ったものがいたそうですな……その力で最初の村に潜り込み、人間の真似事をして暮らすうちに、言葉を覚え、心を理解したのだとか」

「…………」

つまり変身種は進歩したのだ。

よりその模倣の精度を高め。

よりその持続時間を延ばし。

より模倣対象にあらゆる角度から近づいて。

「やがて完全に人間を真似し切った結果……元の姿に戻る事も出来なくなったと。『如何《いか》に路傍の石になろうとしても、「自分は石だ」と己に言い聞かせている内は石ではない』と嫁は言ったそうです」

石は石だ。石になろうと考える筈もない。

極限まで人に近づいた変身種は、変身能力すら遺棄せざるを得なくなったという事か。

「……でも、それは」

見た目は完全な人間で。

心もやはり人間のそれ。

そして能力すら人間と同じになった。

そこまで真似てしまえば、もう人間と何が違うのか。

「そもそも、どうしてそんな事をと息子が問えば……魔王からの命令であったと」

「魔王からの？」

「はい。ここから先はどうにも我々には理解しがたい話だったのですが――」

何度も困惑の表情を浮かべながら村長が語ったところによると。

魔族と魔王は魔界からの侵略者だ。

魔界とは即《すなわ》ち異界であり、異界とは物事の法と理《ことわり》が異なる世界の事を意味する。

魔族は皆その異界で生まれた存在だ。

当然ながら魔族は、そのままではこの世界で生きてはいけない――水中という世界に生きる魚が、地上という異界に出てきてしまうと、呼吸すらままならないのと同じく。

だから『変わる』必要があると魔王は命じたという。

魔族がこの世界でも生きていけるようにと、魔王は己に繋《つな》がる魔族達に、魔力を分け与えていたが……いつまでもそれでは侵略が先に進まない。

だから魔王は侵略の尖兵《せんぺい》として変身種達に、この世界で覇を唱える種族、即ち人類を模倣する事を命じた。人類こそがこの世界に最も適応した種族だと考えたからだ。

魔王から供給され、魔族を支える魔力は、あくまで『この世界と魔族』の間にある溝を埋める為のものである。いわば、この世界の魔族は息を止めて水に潜っているようなもので、魔力の供給が絶たれれば死滅するしかない。

この辺りの理屈は人類の大賢者達も気づいていた。

だからこそユーマ達に起死回生の一手、魔王の暗殺を命じたのだ。

異界とこの世界の双方にまたがって存在し、魔族達に魔力を供給している魔王さえ滅ぼせば、後は魔族達は勝手に死滅するだろう、と。

つまり……

「……わ……私が?」

かちかちと鋼が鳴く。

それは震えるレオナの鎧《よろい》が立てる音だった。

「私が……ダリルを、殺した、のか?」

虚《うつ》ろな眼で、まるで譫言《うわごと》を漏らすかのように聖騎士《パラディン》は言った。

「レオナ、違う、そんな風に考えちゃ駄目だ」

「そんな訳ないでしょ、何言ってんの!」

ユーマに続けてボニータが叫ぶ。

「大体、魔族に人間と同じ心があるかどうか、分からないじゃない! あいつらはただ人間と同じ振る舞いをしていただけかもしれないでしょ、鸚鵡《おうむ》が私達の言葉を、意味も分からずに繰り返しているのと同じに!」

「ボニー……」

呆然《ほうぜん》とレオナは仲間の名を呼んだ。

ボニータは斥候兵《レンジャー》だ。

時には敵地に素性を隠して潜入する事もある。

彼女は必要とあれば平気で嘘をつき、身分を欺き、相手の油断を誘う。どれだけ甘い愛の言葉を囁《ささや》こうと、哀《かな》しげな嗚咽《おえつ》を漏らそうと、彼女が斥候兵として活動している間は、そこに本当の気持ちは無い。全ては演技、全ては偽装、全ては中身を伴わぬ形骸だ。

「そもそもそいつ、人間だって嘘をついてたんでしょ⁉」

「ボニー、ボニーも駄目だ、それは」

「そいつは偽者《にせもの》なんだよ、偽者だから、本当にレオナの事を――」

「……ボニー！」

レオナは俯《うつむ》きながら、何かを振り払うように強く首を振る。

それ以上は言うな、聞きたくない、という事か。

「…………」

ボニータがびくりと震えて口をつぐむ。

彼女は何故《なぜ》か困惑するようにレオナを、そしてユーマの方を見てから、何かを堪《こら》えるように眼を伏せた。

「…………ごめん」

彼女の謝罪の言葉はひどく震えていた。

そして――

「レオナ。魔族に僕達と同じ心が在るかどうかは僕には分からないけど、誰もこんな風になるなんて思ってもみなかった筈だよ。多分、魔王ですらも。だからレオナがダリルさんを『殺し』たんじゃない。これは事故みたいなものだよ」

元々は魔王側の読み間違いもある。

極限まで人間に近づけば、この世界で生きていくのに魔力を必要としなくなるのではないか。そう魔王は考えた。

だが……その目論見《もくろみ》は外れた。

魔族の自覚が在ったから適応しきれなかったのか、それとも、どこまで行っても異界の生物がこちらで自然に生きていくのは、無理な相談だったのか、その理由は分からないが……変身種達も、やはり魔力の供給が絶たれれば死んでしまった。

「……でも……どうして」

ユーマはふと脳裏に浮かんだ疑問を口にする。

「そこまでして魔族は……この世界に……」

「それは分かりませんが」

と村長は首を振る。

「ただ……勇者様。あなた達はこの村をどう思われました？」

「え？　どうって……」

「もっと住みよい場所がある筈《はず》だと思われませんでしたか？」

「それは……」

確かにそこは不思議だった。

山間部、谷底に位置するこの村は、夏場は暑く冬場は寒い。平地に比べるとどうしても過ごしにくい上、大雨でも降れば容易《たやす》く水が氾濫して田畑が壊滅する。

何故、わざわざこんな場所に住む必要があるのか。

「元々……我々の先祖は火山の噴火で村ごと住む場所を追われた者達だったと聞きます。ここを好んで住処《すみか》と定めた訳ではなく、持つものも持たずに逃げ出して、ようやくここに辿《たど》り着《つ》いただけだと」

「…………」

つまりは魔族達も元の異界に留まれない理由があったのではなかったか——村長はそう言っているのだ。

「僕達は……」

住処を追われ、文字通り必死に新天地を探して流離《さすら》ってきた難民を滅ぼしたのか。

勿論《もちろん》、魔族の側が攻撃的だったのは事実だ。魔族に襲われて人々に無数の死傷者が出た。

魔族が無辜《むこ》の存在であったとは勿論、言えない。

だが人類の側にも魔族の異形に対する拒否感があった。

あんな醜いバケモノは、邪悪な存在であるに『違いない』と。

ひょっとしたら、最初は、魔族は人類に対して危害を加えるつもりはなかったのかもしれない。だが恐ろしい姿の化け物が迫ってきた事で、人類はこれを攻撃し、その事実から『拒否された』と考えた魔族が、攻撃的になった——そんな可能性は無いか？

徹頭徹尾、邪悪な生き物だったとしたら。

そもそも変身種達は元に戻れない程に人間に近づく事が出来ただろうか？

最初はこちらの人類の言葉を魔族は知らなかった。だが変身種達は人類を模倣する過程でこちらの言葉を覚え、そこからこちらの思考を覚えた。

そして人間と仲良くなった。

レオナとダリルのように。

村長の息子と嫁のように。

本来の村人と——変身種の擬態した村人のように。

彼等《かれら》は、彼等の全てがとは言わずとも、一部は、人類との共存を考えていたのではないのか？

それを――

（僕等が……全滅させた？）

それは果たして誇って良い事か？

「あの、息子さんは、今――」

「奥の部屋にこもって出てきません」

と村長は言った。

「嫁が瞬《また》く間《ま》に衰弱して死んでいくのを看取《みと》った後は」

「ダリルが……」

虚ろな眼《め》でレオナが言う。

「行くなと言ったのは……私が……私達が……魔王を滅ぼしたなら……自分が死ぬであろう事を……察していたから……？」

だとしたら、ダリルはどんな思いで、『魔族と人間は共存できない』と決めつけたレオナを見送ったのだろうか。

「で、でも、レオナは悪くない、レオナは騙《だま》されて――」

レオナを何とか慰めようというのだろう、ボニータが彼女の肩を摑《つか》んで揺さぶりながらそう言うが。

「……自分が魔族だなんて……言いたくても……言えなかったんだ……人間に近づいて……人間の気持ちを理解したなら……尚更《なおさら》……」

レオナは机の上に突っ伏しながら言った。

彼女の前に出されていた茶のカップが転がり、中身をぶちまけながら床に落ちる。

「私が……魔族なんて……邪悪で、滅ぼすべきバケモノだと……言ったから……」

「…………」

その後は、誰もが言うべき言葉を見失って黙り込む中……ぽたりぽたりと冷めた滴が床に落ちる音が、やけに大きく聞こえた。

●

車輪が小石交じりの地を噛《か》んで、ごつりごつりと回る音が続く。

御者台の上にボニータと並んで座りながら、ユーマは何処《どこ》か疲れた表情で手綱を握っていた。

ボニータは時折、背後を振り返っている。

荷台にはもう誰も居ない。

かつてはジャレッド、グレアム、ラウニ、レオナらが……御者台に座り切れない仲間達が、仕方なく、狭苦しそうに荷物の隙間に座っていた。

だが今の荷台には既に彼等の姿は無い。

荷物も無く、ただ空虚だけが横たわっている。

「レオナ……大丈夫かな……」

背後を振り返ってボニータが呟《つぶや》く。

「………………」

ユーマは答えない。

答えられる筈もない。

村に残ると決めたのはレオナ自身だ。

そして今のユーマは、その決断は実に彼女らしいと思ってしまった。かつてのユーマなら、どうしてだ、と食って掛かって、無理やりにでもレオナを連れていこうとしただろうが……今は彼女の決断を尊重すべきだと思ったのだ。

「本当……僕は何も知らなかったな……」

レオナの事も。

魔族の事も。

自分達が斃《たお》した魔王が何を想《おも》い何を背負っていたのかも。

勿論、魔王が邪悪な怪物であり、魔族はその眷属《けんぞく》でしかなかった、という可能性は否定できない。何も考えず凶悪なその性《さが》に従って人間を殺して回っていただけかもしれない。

だが、そうでなかったのかもしれない。

そして今となってはもう——真実を知る事は出来ない。

「僕は……なんて……愚かだったんだろう……」

時間は常に未来に向かって流れ続ける。

人生は常に取り返しのつかない事の連続で。

しかし何かに追い立てられるようにして人は選択を続ける。

だから人は後悔せずには生きていけない。もっと良《い》い選択が、良い未来があったのかもしれないと、情けない未練を引きずりながら。

「…………」

ボニータも結局は黙り込んでしまう。

勇者と、その最後の仲間を一人だけ乗せて、馬車はゆっくりと王都へと向かって進んでいった。

ダリルの小屋は最後にレオナが見た時と何ら変わってはいなかった。

「………」

剣を置き鎧《よろい》を脱ぐ。

それらを床の上に並べると、レオナはしばらく無表情に眺めていたが——溜息《ためいき》を一つついて片付ける先を探そうと部屋の中を見回した。

だがやはり以前と変わらず、ここには家具が殆《ほとん》ど無い。

寝台と。木箱と。箪笥《たんす》が一つずつ。

二人でなら狭いとさえ感じた小屋の中は、しかし今一人で見ると、冷たい虚ろを持て余しているかのようにさえ感じる。

「………」

ダリルが箪笥から布を引っ張り出していた時の事を思い出し、レオナはその一番下の引き出しに手を掛けた。

すると——

「………これは」

引き出しの中には、青い女物の服が一着。

束《つか》の間、茫然《ぼうぜん》とそれを見つめていたレオナだが、震える手でそれを取り出すと、引き出しの底板に木炭か何かで書いたらしき文字が見えた。

『あなたに似合うと思います』

ただそう一言。

「ダリル――」

あの魔族の青年はどんな想いでこれを遺《のこ》したのだろうか。

魔王が勝てばレオナ達は還《かえ》ってこない。

勇者が勝てばダリルは生きていられない。

どちらにせよ再会の可能性は無い。

二度と会えない事が分かっていながら、どんな気持ちで、彼はこの服を手に入れてこの箪笥にしまったのだろうか。

それとも、ボニータが言ったように、これすらただの『模倣』に過ぎなくて、そこに気持ちなど何ら伴っていなかったのか。

それを確かめる術《すべ》はもう無い。

元より他者の心の中を直《じか》に覗《のぞ》き見る事など誰にも出来ない。

だからそれは——レオナがそう思ったならば、そう信じるならば、それが誰にも否定できない真実としてそこに残る。

「……ありがとう」

青い服を抱き締めながら、レオナは呟く。

応じる声は無論無く、ただ、静寂だけが鎧を脱いだ聖騎士《パラディン》を包んでいた。

CHAPTER 4

斥候兵ボニータ

SCENE BEFORE
DEFEAT THE DEMON KING
探索

第四章　斥候兵ボニータ

斥候兵《レンジャー》ボニータ。

託宣に謳《うた》われた『勇者と共に冒険し魔王を討ち世界に光を取り戻す』五人の一人。

少し癖のある赤毛と、琥珀《こはく》色のくりくりとよく動く眼が特徴だ。

目鼻立ちは整っているが、その容姿は未《ま》だ『美しい』というより『愛らしい』と評するべきだろう。

非常に愛嬌《あいきょう》がある容姿だ。

多くの者が彼女に対して抱く第一印象は『元気で可愛《かわい》らしい娘さん』だ。

だから──


『大抵の奴《やつ》は、アレを侮《あなど》ってかかる』

そう評したのはジャレッドだったろうか。

仲間達の中では最年少の十七歳——なのだが、どういう育ち方をしたのか、斥候兵としての力量は熟練の兵士のそれである。

主武器は短剣だが、それ以外にも様々な武器を器用に使いこなし、必要とあればその辺の石ころから、木の枝まで用いて罠《わな》を仕掛ける事もしてのける。ジャレッドから短弓を借りて次々と木の上から魔族を射殺していった事もある。

ただし彼女の強みは戦闘能力ではない。

その斥候兵としての真骨頂は、情報収集——主に敵地への潜入調査だ。


『まあ職業的嘘《うそ》つきってことだね。あはは』


などとボニータ本人は笑っていたが。

素性や身分を隠してというのは勿論《もちろん》……時に『人間である事』すら誤魔化して彼女は敵陣深くに潜り込む。

木の葉をたっぷりと貼り付けた布を被《かぶ》って腐葉土の下に潜み、気配を殺してまるで路傍の石の如《ごと》く物陰に潜み、あの手この手で相手に察せられる事が無いまま、一方的に情報を収集して戻る。

『戦の勝敗は情報をどれだけ事前に揃《そろ》えられるかが肝だ。敵の数、布陣、状態、その他。その意味でボニータの仕事が我々の生死を分けるといっても過言ではない』

とレオナは彼女の斥候兵としての仕事ぶりを高く評価していた。

実際、彼女がもたらした情報によって勝てた戦いは多く、それ以上に避ける事が出来た無駄な戦いも多い。

だからこそユーマ達も彼女の素性を殊更に詮索しなかった。

だが――

●

ガスコインは王都を取り囲む将都の一つである。

地理的には多少隔てられているものの、政治や経済、そして軍事の面から見ればガスコインは王都と共通する部分が多く、広い意味では王都の外縁部、その一部だとも言える。

王国内においては最も豊かな街の一つだ。

ここまで戻ってくれば、もう王都は目と鼻の先だとも言える。

ただ――

「………はぁ」

と馬車の荷台の上で溜息をつくのはボニータである。

斥候兵の少女は、すっかり広くなった荷台の端に座りながら、憂鬱そうな表情を浮かべている。

「……どうしたの」

と御者台の上で手綱を握るユーマが声を掛ける。

既に馬車はガスコインの街の中だ。

旅装の大型馬車は往来での通行を禁じる街も多い中、この王都に準じて繁栄するガスコインでは、人とは別に馬車用に整備された街路が敷かれている。ユーマ達も馬車を預ける事無く、ここまで入ってくる事が出来た。

「ボニーってここの生まれなんでしょ？」

周囲の建物を見ながらユーマは感嘆の溜息をつく。

「すごいよね」

「すごいってなにが？」

「僕は開拓村の生まれだから、同じ世界にこんな場所が在ったんだ、って思うよ」

建物は低くても二階建て——高ければ四階建て、五階建てで、石畳の街路を進んでいても、どこか谷底を進んでいるかのような感覚になってくる。

看板を掲げている商店の類も多く、宿屋や食堂の看板も頻繁に見かける。人の出入りが多い証拠だろう。

いかにも都会、といった空気が辺りには満ちていた。

道行く人と馬、馬車や牛車の数も多く、総じて人々の表情は明るい。

ただ——

(『谷底』……)

その言葉からユーマは、どうしてもレオナが留まったあの村の事を思い出してしまう。

あるいはボニータもその事を未だ引きずっているのかもしれない。

(もうボニーは立ち直ったと思ってたけど……)

フランプトンの村を出てからもう十日。

途中で何度か笑い合う事もあったし、ユーマもレオナ達の事を話題にしないように気を遣ってきた。元々切り替えが早いのがボニータの美点の一つなので、もう大丈夫、と考えていたのだが。

やはり未だ彼女も引きずっているのだろうか。

「ユーマから見ればそうなんだろうけどね」

とボニータはのそのそと荷台の上を両手両足で這《は》いながら近づいてくると、御者台の背板に背中を預けるようにして座る。

「煩《うるさ》くて落ち着かなくて、ぱっと見、華やかに見えるだろうけど、一本裏通りに入ると、そりゃあもう、ゴミゴミして薄汚いところだよ」

「そ……そうなんだ？」

背板を間に挟んで背中合わせになりながら、ユーマとボニータはそんな会話をする。その間も馬車はゆっくりと進みながら、街門の衛視に紹介された宿屋通りへと向かっていた。

「そこ……」

「え？　ど、どこ？」

「そこの服屋の横の細い路地。見える？」

とボニータが言ってくる。

「見えるけど、あの、女の人が二人ばかりいるところだよね？」

「あれ、二人とも、娼館《しょうかん》の客引きだから。昼間っからよくやるわと思うでしょ？　でも案外、昼間の方が客は多かったりするんだよね」

「…………」

言葉に詰まるユーマ。

「田舎から口減らしで売られてきた子とか、娼婦《しょうふ》がしくじって生んで、棄《す》てた子とかが、新しい娼婦になる。男も女もね。そっちの路地にいる男の子二人も、男娼《だんしょう》だよ。麻薬売りも兼ねてるけどね。一応、縄張りがあって棲《す》み分《わ》けしてんの」

「そ……そうなんだ」

若干、辟易《へきえき》しながらユーマはそう答えた。

彼の生まれた開拓村には、娼館などというものは無かった。

単にユーマが未だ幼くて知らなかっただけかもしれないが。

そもそも開拓村では誰もが畑を耕す農民であり、村を守る戦士であり、家を建てる土建業者であった。人手が限られている場所では誰もが多芸、他業種にならざるを得ず、娼婦などという村の発展と維持に直接貢献しない単一業態の専門職が成立する余地は無かった。

少なくとも表向きは。

娼館が在るという事は、勿論、この街がそれだけ繁栄しているという事の証《あかし》でもある。

同時に繁栄は貧富の差を生みやすく……結果として底辺で足掻《あが》かざるを得ない人々も出てくるという事だ。

自らの意志で職として娼婦を選ぶ人々はともかく、それしか選択肢が無い人々、嫌々ながらもそこに追いやられた人々については、ユーマも気の毒には思う。

（……ボニーも足掻く側の人だったのかな……？）

だから郷里に帰ってきても憂鬱な表情なのか。

それなら彼女の様子にも納得がいくが、だからといって、それを口に出して確かめるのは無粋に過ぎる。

「もう王都まですぐだけど、一応、馬車を宿に預けたら、食料とか買い足しておこうか」

と話題の変更を試みるユーマ。

「二人分、ね」

そう付け足したのは、ある種の不安がユーマの心の片隅にあったからだ。

ジャレッドが去り。

グレアムが去り。

ラウニが去り。

レオナが去った。

生死を共にして世界を救った仲間の内、ユーマと行動を共にしてくれているのは、今やボニータだけだ。

仲間達は次々と『勇者の仲間』ではなく『本来の自分』に戻っていった。無論、どんな感情がそこに在るとしても、その事自体には是非は無い、そうあるべきだろうとユーマは思う。

世界を救うという偉業はもう終わった。

いつまでも『勇者とその仲間』で居続ける必要はない。

しかし……

（僕には、もう……）

ユーマに還《かえ》るべき場所は、無い。

両親も、友人も、知人も、幼馴染《おさななじみ》のキャロルも、皆もう居ない。

ユーマはジャレッドのように誰かを守る為《ため》ではなく、ただ、自分から全てを奪った魔族に復讐《ふくしゅう》する機会を与えられ、他に出来る事も、したい事も無いからこそ、無我夢中で戦っていただけなのだ。

（そんな僕が『勇者』とか……）

託宣に選ばれたとは言うが。

こんなに憶病でこんなに愚鈍でこんなに無知蒙昧《もうまい》な自分を、ユーマ自身が、そんな大それた称号を与えられる人間だと思えないのだ。

いずれにせよ、ここでボニータまでもが居なくなれば、自分は『勇者』の辞め時を見失うのではないか。

そんな漠然とした恐れがユーマにはあった。

「…………」

背後のボニータは何の反応もしてこない。

手綱を握るユーマには彼女の表情は勿論《もちろん》、見えない。振り返ってみる事は出来るかもしれないが、今はそれすら何か怖かった。

だから……

「あの……ボニー？」

ユーマは恐る恐る、しかし努めて明るく冗談を装《よそお》ってこう言った。

「君まで、ここに残るって言わないよね？」

「……は？　なんでよ」

とボニータが若干、不機嫌そうに言ってくる。

「さっきの話聞いてた？　アタシが『この街大好き！　やっぱり故郷っていいよね！』とか言ってたように聞こえた？」

「いや、そんな事はない、けどさ？」

とユーマは慌てて言い繕う。

「ただ……僕は、その、ジャレッドも、グレアムも、ラウニも、レオナも……皆で、一緒に王都へ凱旋《がいせん》すると思ってたから、さ」

「…………」

背後でボニータが言葉に詰まる気配があった。

「託宣に謳《うた》われた『勇者の仲間』は……僕の仲間は、もう君だけになっちゃったから、なんていうか、寂しくて」

「……はっ」

と何か呆《あき》れるような声がして。

「託宣の勇者様が、何、お子様みたいな事言ってんの、恰好《かっこう》悪っ⁉」

「……いや、その、面目ない」

と頬を掻《か》いて苦笑するユーマ。

全くボニータの言う通りだ。

「心配しなくてもアタシはユーマと一緒に王都に凱旋して、報奨金たっぷり貰《もら》うからね！最初からアタシの目的はそれだから！　なんだったら、ジャレッド達の分まで貰ってやるから！」

ばんばんと、まるで景気づけのように御者台の背板を強く叩《たた》きながらボニータはそう言った。

●

斥候兵にとって、足音と気配を殺して移動するのは基本技能だ。

敵陣深くにまで侵入して状況を把握する為には、その程度の事は出来なければお話にもならない。

だから同室の者に悟られずに部屋を出るのも、そう難しい事ではなかった。

ただ……

「…………」

戸口で肩越しに振り返り、壁際《かべぎわ》の寝台を見る。

なんだかんだで長旅の疲れがたまっていたのだろう。託宣の勇者たる少年、ユーマは眠ったまま起きる気配がない。

「……キャロ……ル……」

うなされるような声で寝言に漏らすその名は、彼が喪《うしな》った家族のものか、友達のものか、あるいは最愛の人のものか。

確かめた事は無い。

彼の寝言を聞くのはこれが初めてではなかったが、彼が安らぐ眠りというものを失って久しいのは、ボニータにも分かっていた。

「………ユーマ」

そっとボニータはその名を呟《つぶや》く。

「ごめんね。アタシ、ずっと嘘《うそ》ついてた」

勿論、眠っている彼からの返事は無い。

だがボニータは短く一つ溜息《ためいき》をつくと、部屋を出てそっと音を立てないように後ろ手に扉を閉める。

「最初に出会った時から……ずっと」

廊下を歩き、階段を下り、宿屋を出た。

「………」

魔術によるものか、ガス式か、油式かはさておき、夜になっても煌々《こうこう》と各種の灯《あか》りがついたままの一画を目指してボニータは歩き出す。

足音を殺し、暗いところを選んで歩くのは、最早《もはや》、必要の有る無しとは関係の無い、一種の癖として彼女の中に定着していた。

やがて――

「…………ん」

暗がりを進んでいると、革靴のつま先に触れるものがあった。

咄嗟《とっさ》に足を止めはしたが、何かと眼《め》を凝らすまでもなかった。かつてこの街に住んでいた頃、この種の感触には何度となく遭遇した覚えがあったからだ。

小さな野良猫《のらねこ》の死骸だ。

親を失った兄弟なのか、寄り添うように、二つ。

「……変わってない」

ただ一瞥《いちべつ》と吐き捨てるようなその言葉だけを手向けにして、ボニータは再び歩き出す。

大きな街には必ず歓楽街が在る。

特にガスコインは、比較的、王都から気軽に出掛けられる距離にある為、日常から離れてちょっとした『冒険』を愉《たの》しむにはうってつけの場所だ。

だから自然と歓楽街も膨れ上がる。

酒場、娼館《しょうかん》、賭場《とば》、更には闘技場。

人々の生々しい悲喜交々《こもごも》が渦巻く欲望の世界。

当然その陰には、営みが生み出すゴミ溜《だ》めのような場所も生じる。

そこが――

「……本当、変わってないね」

ボニータの生まれ故郷だった。

●

『奪われる者より奪う者』

それがボニータと仲間達の——親も無く、家も無く、身を寄せ合ってガスコインの路地裏に暮らす子供達の合言葉だった。

生きる為に選べる選択肢はそう多くない。

性病を患《わずら》い、顔が崩れて死んでいく女や、闘技場で再起不能なまでに身体《からだ》を壊された挙句、路上に打ち捨てられた闘技奴隷の男を、ボニータらは何人も見てきた。

身体を売るのが嫌なら——娼婦《しょうふ》や闘技奴隷になるのが嫌なら、窃盗や詐欺に手を染めるしかない。

『この世には二種類の人間しかいない。奪われる者と、奪う者だ』

ボニータが物心ついた頃には、もう彼女ら孤児をまとめて束ねていた年長の少年は、悔し涙を流しながらそう言った。

『あんな風になりたくないなら、奪われる側ではなく奪う側になるしかないんだよ』

だから徒党を組んで窃盗や詐欺を繰り返した。

その過程で仲間は何人も捕まって、半数は半殺しの目に遭い、半数は殺された。

彼等《かれら》の失敗と犠牲を糧《かて》に、ボニータらは、音を殺し気配を殺して歩く術《すべ》や、感情を殺して無害な愚か者を装う術を身に付けていった。

同じ立場の子供達との抗争は日常茶飯事だった。

そしてその過程でやはりボニータ等は武器の扱いに長《た》けるようになり、時にその場にあるものを何でも使って戦う術を覚えていった。

いつしかボニータらは……特にボニータらを束ねていた少年は『頭領』と呼ばれ、繁華街の中でも一目置かれる存在になっていた。

『俺達は奪う者になったのさ』

そう言って『頭領』は得意げに笑った。

しかし——

●

「……ボニー……」

荒い息を吐きながら少女は震える手をボニータに伸ばす。

「ジェナ、ジェナ、しっかり——」

昼間ですら薄暗く、どこか湿った空気の漂う路地裏で。

ボニータはずっと一緒にやってきた、相棒役の少女ジェナの身体を抱き上げる。

彼女の身体は見た目以上に重く感じられ、今しも生命が抜け落ちつつあるのだという事をボニータは実感させられた。死体は見た目以上に重いという事を、何度もの経験から知っていたからだ。

「……こんなところで……アタシは……死にたくない……」

ジェナはそんな風に訴えてくる。

だがボニータには最早、為《な》す術が無い。ジェナの横腹は短剣で大きく斬り裂かれ、服が血でぐっしょりと濡《ぬ》れている。

　そして今もなお血は止まる事無く、ジェナの身体を抱えたボニータの手を伝い、地面に落ちて血だまりを作りつつあった。

「……死にたくないよ……ボニー……」

「ああ。これからだよ、これからなんだろ、アタシ達は！」

　言ってジェナの手を握る。

「このくそったれな街で、くそったれな生き方をしてきたアタシ達にも、ようやく運が向いてきたんだ！」

　ボニータは空を振り仰いで吼《ほ》える。

　そうしないと目の前がぼやけて何も見えなくなるような気がした。

「なんてったって『託宣の勇者』の仲間だ！　魔王なんてさっさとぶっ倒して！　英雄として凱旋したら、金なんて掃いて捨てるくらいに貰えるよ！　貴族様にだってなれる！」

　そう言うも、ジェナはもうろくに返事をしてこない。

「ああ、ジェナ、ジェナ、これからだろ！　これからなんだよ！　運が向いてきたんだ！　だから死んでる場合じゃないんだよ！」

「…………」

ジェナの唇が震える。

何を言っているのかも、もう聞き取れない。

「くっそ『頭領』の奴《やつ》――」

ジェナの横腹を裂いたのは『頭領』だった。


『奪われる者より奪う者、だろ？　なあ？』


彼は仲間からさえ奪うつもりなのだ。

仲間に訪れた幸運をも奪って自分のものにするつもりで、彼は笑いながら短剣を振るった。先に『お祝いをしよう』と言われていたボニータとジェナは、彼が腹に抱えていた悪意に気づく事が出来なかった。

他者を散々、騙《だま》し、嘘をついて奪ってきた。

自分達は奪う者になったのだと思った。

だから自分が再び騙され奪われる側になるなんて、考えもしなかったのだ。

『頭領』のところから逃げられたのは奇跡に近い。

恐らく他の仲間達には、もう『頭領』からボニータとジェナを捕まえるようにと命令が下っているだろう。

頼れる相手はもう居ない。

いや。元から居なかったのだ。

ボニータ達が愚かにも勘違いしていただけで。

「くそ……ジェナ、待ってて、今、医者か僧侶《プリースト》を連れてくる――」

本当ならジェナを手当てできる誰かのところに連れていくつもりだった。

ガスコインの裏通りでも、治癒の法術を使える者や、医術の心得のある者はいる。治安の悪い場所であるからこそ、そうした治療所の類には結構な需要があるのだ。

だがもうジェナは歩けそうにない。

だから――

「…………」

立ち上がろうとしたボニータは、しかし手を引かれて中途半端《ちゅうとはんぱ》な姿勢で固まらざるを得なかった。

ジェナがボニータの手を握って離さないからだ。

「ジェナ――」

「…………」

声も出ないのにジェナは首を振った。

行くなという事か。

「ジェナ、駄目だよ、医者を連れてこないと、離して——」

ふとジェナの口許《くちもと》に場違いな笑みが浮かぶ。

そして——

「『奪われる者より奪う者』……」

奇跡のようにその合言葉は、するりとジェナの口から滑り出ていた。

「……どうせ……奪われる……なら…………」

ジェナの手の指がボニータのそれに強く強く絡《から》みつく。

「ボニー…………」

それはけれど一瞬の事で。

次の瞬間、ジェナの手はボニーの手から離れて、ぱたりと地面を力なく叩《たた》いた。

「ジェナ……?」

友達の名を呼びながらも、ボニータには分かっていた。

人が死ぬ場面なんて何度も見た。どのくらい血を流せば人間が死ぬかも知っている。死んだ人間がどんな風になるのか、本当に、嫌ってくらいに見てきた。

だからもう名を呼んでも、ジェナが二度と答えないのは分かっていた。分かっていたが
――
「ジェナ、ジェナ、ふざけんな、ジェナ、死んでる場合じゃないだろ、なあ、ジェナ
――」
肩を摑《つか》んで揺さぶってもうジェナは微動だにしない。
それどころかどんどん彼女の身体が冷えていくのが分かる。
そして――
「…………」
目の前の事実から背けるように、脇へ逸《そ》らした視線の、先。
あるものが眼《め》に入った。
先程までボニータと握り合っていたジェナの右手。
その甲に浮かび上がった――〈託宣の勇者の仲間〉たる証。
聖痕。
『頭領』が奪おうとしていたもの。
ジェナの命が奪われる原因になったもの。

『「奪われる者より奪う者」……』

ジェナの言葉が脳裏を過《よぎ》る。

「駄目だ、そんなの駄目だ、そんなの『頭領』と同じ――」

ボニータは何度も首を振ってその考えを振り払おうとする。

しかし――

『……どうせ……奪われる……なら…………』

ジェナが何をその続きに言おうとしたのか。

何故《なぜ》、ジェナがボニータを引き留めたのか。

勿論《もちろん》それは――

「…………アタシは……」

どれくらい、その場に立っていただろうか。

ボニータは、ジェナの亡骸《なきがら》を前に立ちあがって――

「……最低だ……」

腰の後ろから短剣を抜いた。

●

ジェナが死んだ路地裏は……無くなっていた。

「……そっか」

路地の左右にそびえていた五階建ての建物が共に無くなり、片方は平屋になり、片方は空き地になっている。既にジェナが倒れたのがどこだったのかさえ、分からなかった。

「まあ……そうだよね」

ガスコインのような街では建物の入れ替わりも頻繁だ。

単に一部を改修する場合もあれば、数棟の建物が丸ごと無くなる事もある。

かつては何人もの大工達が何十日と掛けて壊しては建てていたようだったが、最近は魔術師の魔術で建物を瞬《また》く間《ま》に解体し、同じく魔術で事前に統一規格で加工しておいた建材を運んで建てる為《ため》、益々《ますます》その期間は短くなっているらしい。

魔族と戦う際、何処《どこ》かの軍人が迅速に砦《とりで》を築けるようにと考えた方法が、広く知られるようになったのだとか。

「……ジェナ」

ボニータは空き地の片隅に咲いている小さな花に話しかける。

墓標を作っている余裕も無かった。ボニータはジェナの骸《むくろ》を置き去りにするしかなかったのだ。だから路地そのものが様変わりしてしまった今、その花を墓標の代わりと思うしかない。

「魔王を斃《たお》したよ」

ボニータの言葉が夜気に溶けていく。

「アタシ達……凱旋《がいせん》してきたんだ」

周囲に人影は無く、ボニータの言葉に応じる者も居ない。

ボニータは花の前にしゃがみながら続けた。

「これで……もう…………」

ボニータが、ジェナが、夢見た『今とは違うこれから』がもうそこに在るのだというのに、ボニータは自分がどうすればいいのかすら分からなかった。

ユーマと一緒に王都へ報奨金を貰《もら》いに行って。

それから、どうする？

貴族の位でも授かってどこかに所領を得て？

後は悠々自適に人生を過ごす？

それが本当に自分の望んだ未来だったのか？

驚く程に現実味も無ければ、達成感も無い。

「…………結局、アタシは」

ただここから逃げただけで。

いつも腹をすかせていて、今日の飯を誰かから奪う事ばかり考えていて、明日や明後日《あさって》の事なんて考えてもいなかった――そんな野蛮で嘘《うそ》つきな子供のままだ。

勇者と共に魔王を討ったからどうしたというか。

単に託宣に謳《うた》われた、勇者ユーマや、その仲間であるジャレッドや、グレアムや、レオナや、ラウニが凄《すご》かっただけではないのか。

そもそも自分は――

「アタシは――」

何処か湿った呟《つぶや》きが花の上に降る。

そして次の瞬間。

「…………え」

軽い衝撃。

そして一滴、花の上に奇妙に赤い雨が——落ちて。

「…………」

振り向けば、そこには揃《そろ》って弩《いしゆみ》を手にした男女が二人立っていた。

今、ボニータの腹部を背中側から貫いた矢は、その片方が放ったものなのだろう。

「ボニータ！」

「『頭領』の仇《かたき》！」

そう叫ぶ彼等《かれら》の顔に、ボニータは見覚えが在った。

かつての仲間達。ジェナと同様に、『頭領』の下であれこれ駆けずり回っていた、親無し子達。

奪われる者より奪う者、それを合言葉に笑い合った——

「……そっか」

緩い笑みを浮かべるボニータ。

「そうだよね……」

彼等に向き直ったボニータの左の太腿《ふともも》に二本目の矢が突き刺さる。

その場に転倒した彼女に、二人が近づいてきた。

（……皆、知らないしね……）

『頭領』が仲間を裏切った事は――ジェナを罠《わな》にはめ、彼女に切りつけた事はその場にいたボニータ以外もう誰も知らない。

『頭領』もボニータが街を出る前に、背後から襲って首を掻《か》き斬り、殺したからだ。

かつての仲間にとってボニータは『頭領』という大切な仲間を奪った大罪人だ。あるいはジェナすらボニータが殺したという事になっているかもしれない。

（何しろアタシは――）

ジェナの遺体を切り刻んだのだから。

「今度はお前が奪われる番だ！」

言って近づいてきた二人は、腰の後ろに吊《つ》るしていたであろう、鉈《なた》を振り上げる。これでボニータを切り刻もうというのか。

「…………」

ひっそりとボニータは笑う。

こうして野良猫《のらねこ》のように惨《みじ》めに死んで骸を路上に晒《さら》される。

自分に似合いの結末だ。

むしろ、貴族になどなるよりも余程、自然な気すらして――

「……ごめんね」

と謝罪の言葉が口から洩《も》れる。

それがジェナに向けたものなのか、ユーマに向けたものなのか、あるいは今何も知らずにボニータを殺そうとしている二人に対してのものなのかは、もう分からない。

――いや。

やはりそれはユーマに向けたものだったのだろう。

（……ひょっとしたら、アタシ、彼の事、好きだったのかな……？）

死の間際《まぎわ》に彼の幻影を見る程なのだから。

矢を伝ってしたたり落ちる血の雫《しずく》。

それと共にボニータの視界は暗さを増していき……

「……ユーマ……」

ボニータに向けて鉈を振り上げる二人――その背後に、見慣れた勇者の姿が過《よぎ》ったような気がした。

●

瞼《まぶた》を開いて最初に見えたのはユーマの顔だった。

「…………」

瞬きを二度ばかり。

そして——

「——はぁっ⁉」

思わず声を上げながら跳ねるように身を起こす。

当然ながら——

「んがっ⁉」

「ぎごっ⁉」

全力でユーマの顔に頭突きをかます事になり。

「うぐぐぐぐ」

「いぎぎぎぎ」

ボニータと彼は揃って獣のような声を上げる事になった。

それからしばらく二人はそれぞれの頭を抱えていたが。

「……アタシ、生きてる？」

「生きてるよ。勿論」

と頭を抱える腕の隙間から、ボニータの方を見てユーマが言ってくる。

「ここは……」

「近くに在った治療院」

とユーマが言った通り、そこはどこかの町医者が経営している治療院のようだった。様々な薬の匂いが空気に混じっているし、部屋の一面には瓶や壺《つぼ》を並べた棚が造りつけられている。

長椅子の上にボニータは寝かされ、ユーマに膝枕をしてもらっていたらしい。その事については大変に恥ずかしく思ったボニータだが、それよりも――

（ここって……）

瓶や壺の並びはともかく、この部屋の佇《たたず》まいそのものには、何処か見覚えがあるような気がした。

「でも二本も矢を……」

共に身体《からだ》を串刺しにされるという深手だ。

矢が刺さったままだったので、抜かない限り大量に血が噴き出すような事は無かったろうが……この街に詳しくないユーマは医者を見つけるのに手間取った筈《はず》である。よく間に合ったものだとボニータは思ったが……

「あ……そうか。ユーマも治癒の法術使えたっけ」

「グレアム程じゃないけどね……」

と尚《なお》も額をさすりながら言うユーマ。

治癒の法術は基礎だけなら――止血程度に使うのなら、比較的覚えるのは簡単だ。実のところ、ユーマの仲間達はボニータも含め、グレアムから万一に備えて基礎を教わっていた為《ため》、程度を問わなければ全員が扱えた。

ただし普段はグレアムがまとめて全員の治療をしてくれていたので、使う機会が殆《ほとん》ど無く、どうしても忘れがちになるのだ。

「……っていうか、なんで？」

ユーマがあの場に来て助けてくれたのは間違いない。

だが彼が眠っているのを見計らって出てきたのに――

「うーん……僕も今一つ分からないんだけどさ」

といってユーマは服の袖をめくると左の二の腕の辺りに浮かんでいる聖痕――勇者の証《あかし》とされるそれを示して見せた。

「なんだかこれが痛んでさ」

「聖痕が？」

「うん。あんまりこんな事無かったのにね」

そしてその聖痕に導かれるようにして、ボニータが襲われている現場に辿《たど》り着《つ》いたとの事だった。

聖痕は引き合う。

それは間違いない。何しろ各人の聖痕が互いに引き合うからこそ、仲間達に出会ったのだ。ジャレッドも、グレアムも、ラウニも、レオナも、皆、その導きでユーマの旅に加わった。

ただ——

「…………」

ボニータは束《つか》の間《ま》、どう答えたものかと悩んでいたが……とりあえずふと思いついた事を尋ねた。

「あの二人は？」

「大丈夫。殺してない」

とユーマは言う。

やはり気を失う前に見た影はユーマだったのだ。

ただ——

「まあ、僕も慌ててたっていうか……」

恥ずかしげにボニータから眼《め》を逸《そ》らすユーマ。

「ボニーが殺される！　って焦《あせ》ってたから……あんまり手加減できなかったけど」

「………………」

むしろ自分を殺そうとした二人に同情さえ覚えるボニータ。

優しげな見た目に反して、戦闘態勢に入ったユーマの膂力《りょりょく》は尋常ではない。

恐らく熊と正面から殴り合いだって出来るだろう。剣を抜かなかったとしても、彼が本気で殴れば、殴られた側は受け止めたとしても、骨が折れて肉がひしゃげる。

今現在、世界最強は間違いなくユーマだ。

何しろ魔王を討ったその時は、もうあの聖騎士《パラディン》レオナよりも強くなっていたくらいだ。

元々はただの農民の子であった彼が、たった一年で、先祖代々武人を輩出し続けてきたアーチデイル家の人間を上回る強さを身に付けたのは、まさしく奇跡以外の何物でもないだろう。

ともあれ……

「医者は？」

「ボニーの治療が終わったから、お酒買ってくるって」

「………………」

それでボニータは思い出した。

確かに彼女は以前、ここに来た事がある。

法術と医術、共に卓越した技術と知識を持ちながら、酒浸りで表通りの施療《せりょう》院から追い出された闇医者の家だ。患者の側に後ろ暗い事があっても、金さえ出せば黙って治療から堕胎、あるいは簡単な整形まで何でも引き受けてくれる。

「それと……」

何やら困惑の表情でユーマが背後に在ったらしい壺を一つ取り出してくる。

「これ、ボニーに渡しておいてって。なんかもう慌てて運び込んじゃったけど、ひょっとして、ここのお医者さん、知り合い？」

「…………」

壺を受け取り、油紙と紐《ひも》で施されていた封を外す。

中を覗《のぞ》いてみると、そこには……塩漬けになった手首が入っていた。

「——え。何これ」

とユーマも中を覗いて、若干、引き気味に言う。

「本物の……手首、だよね？」

「そうだね」

長い溜息《ためいき》をついてボニータは頷《うなず》く。

「アタシの、前の、手首」

「…………え？」

と眼を丸くするユーマに、ボニータは手袋を脱いで、手の甲に聖痕の生じた右手を掲げて見せた。

「言おう言おうと思っていたんだけどね。ごめん。アタシ、本当はユーマの仲間なんかじゃないんだ」

「…………」

唐突な告白に――ユーマはただ無言で眼を瞬《まばた》かせている。

純朴とも言うべき彼の素直な眼差《まなざ》しが、今のボニータにはひどく痛かった。

「この聖痕のついた手首、元々はアタシの仲間のものなんだ。この街の路地裏にたむろしてたクソガキ仲間の。その子が色々あってね、死んじゃったから、アタシが――」

一瞬、胸の痛みを意識する。

恐らくは幻の、しかし決して消える事の無い痛み。

それはボニータが、ジェナの手首を自らの手で斬り落とした時から、ずっと胸の奥に食い込んでいるのだ。

「切り落として、奪って、嘘《うそ》ついた。アタシが託宣に告げられた勇者の仲間なんだって。

ここの闇医者には、右手を、アタシの元の右手と交換して、継いでもらったんだ」

元々ジェナの死んだ場所から一番近い闇医者のところに、彼女の遺体から斬り落とした手首を持ち込んだ。そしてその場で有り金全部を差し出して、右手を『繋《つな》ぎ直して』もらったのだ。

だからユーマがここに……現場から一番近いここにボニータを連れ込んだのも、当然といえば当然なのだろう。

今にして思えば、かつてのボニータは無茶をしたものである。

あるいはジェナを失って、ボニータの中の何かが少し壊れていたのかもしれない。幸い、闇医者の腕は確か、どころか法術も医術も相当に優秀だったらしく……継ぎ直してもらった右手は、何ら問題なく動いている。

「…………ボニー……」

「引くよね」

「いや、僕は――」

「でも言い訳する訳じゃないけど、アタシがやらなかったら、ジェナを――元々聖痕持ちだった仲間を殺した奴《やつ》が、手首を持ってっちゃった筈で……それだけは……それだけは、どうしても許せなかったんだ」

「仲間を……殺した？」

ユーマが眉をひそめて呟《つぶや》く。

それから——かいつまんでボニータは事の顚末《てんまつ》を語った。

自分達が孤児として身を寄せ合って生きてきた事。

自分達を束ねていた『頭領』の裏切り。

相方とも言うべき親友ジェナの死。

それから——

「……ジェナを殺した『頭領』が憎かった」

ボニータは溜息をつくようにそう告白する。

「殺してやりたいと思ったし、実際、そうした」

「ボニー……」

「ジェナの仇《かたき》を討った事は後悔していないよ。ただ——」

それは結局、魔王討伐の後にまで尾を引く恩讐《おんしゅう》の原因となってしまった。

既に『頭領』もジェナも生きていない今、ボニータが何を言ってもかつての仲間達は信じないだろうし、彼女に対する敵意と憎悪《ぞうお》は消えたりはしないだろう。

何よりボニータが戦いの最中でもないのに人を殺したのは——『殺人』は間違いなくこ

の悪徳の横行するガスコインの街ですら重罪だ。

それをひた隠しにして、『斥候兵《レンジャー》』などと肩書を付けて、自分が託宣に告げられた勇者の仲間であると言って、ユーマ達の仲間になった。

「本当、アタシの人生、嘘ばっか」

「ボニー――それは」

「本当の事なんて何にもなくて。奪われる者より奪う者に――なんて息巻いてたけど、最初に奪われて出来たでっかい虚《うつ》ろに、自分を誤魔化す為の嘘を詰め込んでただけ」

ユーマがどんな表情を浮かべているのか、見るのが怖くて――ボニータは彼から眼を逸らす。

「本当、どうかしてる。自分の力で何者かになった訳でもない癖に……」

勇者の仲間を詐称して地位と財産を手に入れようとするなど。

「だから、ごめん、ユーマ」

自分の膝に視線を落としながらボニータは言った。

「アタシは……君と一緒に、王都には行けない」

「――ボニー」

ユーマが何かを訴えるように彼女の名を呼ぶ。

そして――

「――今の話、本当なのか⁉」

突然、部屋の扉が開かれて――そんな問いが投げかけられる。

「――⁉」

ボニータが顔を上げると、そこには彼女に矢を射掛けた二人が――かつて仲間だった少年と少女が立っていた。

共に顔には痛々しいアザがついているし、普通に立つ事も出来ないのか、杖《つえ》をついた上で互いに身を支えている。見るからに満身創痍《そうい》といった様子だが、魔王を斃《たお》した勇者を相手に、この程度で済んだというのなら、むしろ彼等《かれら》はわが身の幸運を喜ぶべきだろう。

「あんたら――」

「ボニータ、今の話は全部、本当なの？」

少女の方が繰り返し、そう問うてくる。

「ユーマ！　あんた――」

「だから、あんまり手加減できなかったって言ったでしょ」

苦笑しながらユーマは言った。

「そのまま放置して死なれちゃ困るし」

「…………」

ボニータは溜息をつく。

どうやらユーマは二人を制圧した後、ボニータと同様に、この施療院に運んだらしい。

いかにもお人好《ひとよ》しの勇者様らしい行動だ。

万が一、二人が未《ま》だボニータへの殺意を持っていたとしても……ユーマなら文字通りに瞬《また》く間《ま》に無力化できるであろうし。

ボニータと『頭領』の『真実』について、この二人に聞かせる事になったのは、さすがに偶然の結果なのだろうが——

「ボニータ！」

焦《じ》れたように二人が彼女の名を呼んでくる。

そして——

「今の話、聞いてたんでしょ？　あんた達、嘘塗《まみ》れのアタシの話を、今更、信じるの？」

自嘲の笑みを浮かべるボニータの言葉に——二人は顔を見合わせた。

●

翌朝早々にユーマはガスコインの街を発《た》つ事にした。

先に〈精霊の囁《ささや》き〉で王都に『魔王討伐の成功』について、連絡をしてはいるものの……王侯貴族達は、やはり直《じか》に報告を受けたいという事で、王都ではユーマ等の帰還を心待ちにしているらしい。

断片的に〈精霊の囁き〉が伝えてくるところによると、王都ではユーマらの凱旋《がいせん》に関して盛大な式典を準備しているとの事だった。

「……王様によろしく」

ガスコインの西の街門を出たところで、そこまで見送りに来ていたボニータは淡い笑みを浮かべながらそう言った。

「どう伝えればいいんだか……」

とユーマも苦笑して応じる。

結局、戻ってきたのは勇者一人、だと知れば……国王は勿論《もちろん》、王都の人々は何と思うだろうか。

もっとも王都から魔王討伐の旅に出たのはユーマとレオナだけで、他の者はその途中で合流した訳だから、ボニータやグレアム、ラウニが王都まで帰還しないのは別に不自然でも何でもないのだが。

「ボニーはこれから、どうするの？」

彼女の命を狙っていたという昔の仲間達は、『真実』を知って手を引いたが——それでもボニータが殺人を犯したという事実には変わりがない。

問題の『頭領』がボニータの親友を先に殺したから、なのだとしても……いわゆる『義』がボニータの側にあったとしても、個人の感情による復讐《ふくしゅう》行為や制裁行為は、法治社会において許容はされないだろう。

「自首するよ」

斥候兵の少女はあっさりそう言った。

「それって——」

「裁判でどうなるかは分からないけど。この際、区切りをつける為《ため》にもね」

言ってボニータは苦笑しながら自分の頰を掻《か》いて見せる。

彼女の——友人のものと付け替えられたという右手は、いつも通り革手袋に覆われていて、その甲の聖痕は見えない。

勇者の少年はしばらく、何度も瞬きを繰り返しながらボニータを見つめていたが。

「——ボニー？」

ふと彼は斥候兵の少女の名を呼んだ。

「何？」

「君は、本当は僕の仲間じゃない、と言ったけれど」

「……そうだね。騙《だま》して、ごめん」

とボニータはわずかに眼《め》を伏せる。

だが――

「でもやっぱり僕にとっては、ボニータは魔王討伐を一緒にやり遂げた仲間だって事は変わらないんだよ」

「…………」

「ジャレッドも、グレアムも、ラウニも、レオナも、そして勿論、ボニータも……託宣に謳われたからとか、聖痕があったからとか、きっかけはそうだったかもしれないけど、僕が皆の事を仲間だって感じるのは、一緒に旅を続けてきたからだよ」

「ユーマ……」

戦うのに、生き残るのに必死で、文字通りに無我夢中で――お互いの事を何も知らないままだったとしても。

その旅で経験した様々な事は、まぎれもない真実で、ユーマにとってはかけがえのない思い出だから。

「だから……」

ふとユーマは晴れ渡る空を見上げながら、何かを懐《なつ》かしむような表情を浮かべる。

「後悔が無かった訳じゃないけれど、もっとうまくやれたんじゃないかって思う事もあるけれど、それも含めて、またいつか、どこかで——皆と集まって、旅の思い出を語れたら嬉《うれ》しいかな」

「いいね。ジャレッドを見つけ出すのは面倒くさいかもしれないけど、まあ何とかなるでしょ」

聖痕は引き合うのだから。

そしてそれはボニータの聖痕も同じで。

だから——それは偽物《にせもの》であって偽物ではなく。

始まりは嘘《うそ》偽りであったかもしれないが……それが、いつまでもそのままであるとは限らない。

時に嘘も貫き通せば真実になる。

そうあるべきだ。いや。そうあってほしい。

ユーマは、あの谷底の村で別れた聖騎士《パラディン》の事を思い出しながら、痛切にそう思う。

そして——

「また、いつか」

「ええ。また、いつかね」

笑顔で再会を約束する勇者の少年に、ボニータは手を振って——それから背中を向けると歩き出した。

EPILOGUE

勇者ユーマ

SCENE BEFORE
DEFEAT THE DEMON KING
決戦

終章　勇者ユーマ

王都は見るからに浮足立っていた。

『勇者凱旋す』の報は既に〈精霊の囁き〉によって何度も伝えられている。

これは元々勇者一行から王への連絡という形であったが……魔族との戦争に疲弊してきた民衆に終戦を伝え、人々の尽力と奮闘に報いるべく、王宮の魔術師や法術師達によって、王都を中心に、王国全土へ無作為に転送されてきた結果である。

「…………」

王都の街門で馬車を預け、ユーマは一人、多くの人が行き交う大通りを歩いていた。

誰の顔も皆、明るい。

わずかに数年であったとはいえ、魔族との戦争は王国の人々に数多くの辛酸を嘗《な》めさせ、様々な面で耐え忍ぶ事を強いてきた。戦火からは比較的遠かった王都ですら、周辺地域からの物資の流通が滞り、人々の生活全てに長引く困窮が影を落としていた。

だが今——それらは全て過去のものとなった。

無論、復興はこれからではあるが、かつて掛かっていた抑圧が強ければ強い程に、そこからの解放は人々に笑顔を呼び戻す。

「……良かったね」

誰に告げるともなくユーマはそう呟《つぶや》いていた。

彼はすれ違う人々の表情を一つ一つ丁寧に見つめながら、小さく頷《うなず》く。

勇者としてこの地を発つ時には、彼も全く気持ちに余裕が無くて、自分が守るべき人々の事をきちんと意識できていなかった。

国とか。世界とか。

そんな曖昧で抽象的な概念を掲げて、それを成しているのが一人一人の人間であるのだという事を、まるで理解していなかった。

それは恐らく仲間達に対しても同じであったろう。

勇者一行。勇者の仲間。戦友。

肩書一つで細部を知らぬまま分かった気になる。

言葉一つでその本質が見えなくなる。

けれどそれは無くなった訳では勿論なくて、ただ、改めて見出《みいだ》される時を待っているだけに過ぎない。その時、人は肩書や名称で示される記号から抜け出て、一人の、生きた、無数の経験の積み重なりによって今そこに成り立っている個人に戻る。

ジャレッドが。グレアムが。ラウニが。レオナが。ボニータが。

彼等《かれら》が勇者の仲間ではなく、その役目を終えて、記号を脱ぎ捨てて、一人の人間に還《かえ》っていく様がそれを教えてくれた。

あるいはユーマにとっても、魔王を討ってからのこの旅は――かつて『被害者』から『勇者』という肩書に書き換えられ、誰もにそう認識されていただけの抽象的な存在から、ただ一人の人間に戻る為の道程《みちのり》であったのかもしれない。

「本当に、良かった」

ふと彼は胸元を押さえる。

そこには旅立ちの時、国王から渡された『証印《あかし》』が在る。

ユーマの腕に在る聖痕をそのまま象《かたど》って、王宮の魔術師達と王室御用達《ごようたし》の鉱精族《ドワーフ》の職人達が作り上げた円金聖章《メダル》。

行く先々でユーマの身分と立場を示し、人々から物資を徴発し、援助を強いる為に、と渡されたいわば『王室発行の保証書』である。

〈精霊の囁《ささや》き〉で勇者一行が魔王討伐に向かった事は王国全土に報されてはいたものの、かの精霊魔術は文字通りに短い囁きを届けるだけで、ユーマ達の姿までは人々に知られていない。

だからこそこうした円金聖章が渡された訳だが――

（なんだか、『違う』と思って使った事無かったけど……これもそういう事だったんだよね……多分）

勇者であるから。世界を救うから。

だから骨身を惜しまず協力しろ。

円金聖章を示してそう告げる事について、自分でも理由の定《さだ》かではない抵抗感があった。だから物資を分けてもらったり、宿を借りたりする時には、きちんとお願いをして、自分達に出来る事は返して、旅を続けてきた。ボニータなどは『何故《なぜ》使わないのか理解に苦しむ』などと言っていたが、結局はユーマの考えに従ってくれた。

記号としての『勇者』ではなく。一人の人間として。

記号としての『民衆』ではなく。一人の人間を相手に。

ただそれだけの事だったのだろう。

「…………」

ふと見上げれば、通りの先に王城がそびえているのが見える。

門は大きく開かれ、『早く還っておいで』とばかりにユーマを誘っているようにも見える。あの門をくぐり、王達と会い、円金聖章を返せばユーマの旅は終わる。

終わって――

（……それから、どこに僕は『還』ればいいんだろう？）

ふとそんな事を想《おも》う。

勿論《もちろん》、報奨金が、あるいは爵位も与えられ、あるいはあの美しく優しい姫との婚姻も許されて、それこそあの王城がユーマの還る場所に、改めてなるのかもしれない。

何不自由無い幸せな人生が、そこに待っているのかもしれない。

だがそれは『魔王討伐の勇者』の居場所であって。

ユーマという個人の『還』る場所ではない気がした。

このまま『勇者』として生きていく事が、誰もに勇者とだけ呼ばれ、勇者と認識されて、その生涯を終える事が、まるでユーマのそれまでの人生に封をして、戸棚の奥深くに仕舞ってしまう事のような気すらして――

「僕は――」

自然と足が止まる。

懐《ふところ》の円金聖章がひどく重い。

そして――

「──ユーマ⁉」

不意にその名が呼ばれた時。

ユーマはその声が幻聴であるのだと一瞬思ってしまった。

聞き覚えのある懐《なつ》かしい声。

それは──

「──え」

振り返った彼は、そこに、見る筈《はず》の無い人の姿を見た。

「キャロル……？」

村が滅んだ時に死んだ筈の幼馴染《おさななじみ》。

家族を除けば、恐らくは一番長い時間を──人生の中で多くの時間を共に歩んできた人。

吟遊詩人になるのが、目標だと言って──

「ユーマ、だよね？」

とその少女は足早にユーマに歩み寄ってきた。

少し背は伸びたようで、その亜麻色の髪も伸びたらしく、後頭部で括《くく》っている。勿論、衣装もユーマが最後に見た時のものとは違って、吟遊詩人らしい旅装束だった。

けれどその円《つぶ》らで、いつもきらきらと輝いてユーマを魅了していた琥珀《こはく》色の瞳は、変わっていない。

間違いない。キャロルだ。

「あの、ユーマ？　私の事覚えてない？」

呆然《ぼうぜん》としているユーマをどう思ったのか、少し表情を怪訝《けげん》の色に曇らせて、キャロルは尋ねてくる。

ユーマは慌てて首を振りながら――

「い、いや、覚えてるよ、覚えてるけど」

死んだと思っていた。

巡回商人の馬車の中で目覚めた時には、開拓村の住人はユーマ以外は全員死んだと聞かされた。

魔王討伐の途上で開拓村にも寄ったが、家は全て焼かれ、村人の遺体は獣に食い荒らされ、腐敗して、誰が誰かも分からない状態だった。

仲間達に手伝ってもらいながら、これは多分、父の、これは多分、母の、これは多分、隣の家の……と見当をつけて骨を埋めて……その中にキャロルの骨もあったのだと思っていた。

だから――

「生きてたんだ……？」

ただ、そう尋ねるしかなくて。

他に言葉が出てこない。迂闊《うかつ》な言葉を口にすれば、もう感情があふれてきてその場にしゃがみ込んでしまいそうだった。

「それってこっちの台詞《せりふ》だよ」

とキャロルは嬉《うれ》しそうに言った。

「ユーマはどうしてたの？」

「え？　あ——」

すぐにユーマは理解した。

キャロルは彼が勇者だという事を知らないのだ。

「村の近くに来ていた……巡回商人の人達に助けられて……」

話を聞けばキャロルの事情も似たようなものだった。

吟遊詩人志願の彼女は、当時、たまたま村に来ていた吟遊詩人の老女に、村はずれで楽器の扱いを教わっていたらしい。

その吟遊詩人は妖精族《エルフ》に仕込まれたという精霊魔術の使い手で……さすがに村を襲う魔族の群れを一人で駆逐する事は出来なかったが、自分自身と、たまたま傍《そば》にいた女の子を一人守って逃げる程度の事は出来たらしい。

それから先は……キャロルと共に戦地を避けて旅をしていたそうだが。

高齢だったその吟遊詩人は、キャロルに楽器と自身の技能を伝え遺《のこ》して、先日亡《な》くなったらしい。

「師匠を埋葬して、これからどうしようかなって思ってたら……王都で『勇者様』の凱旋《がいせん》祝賀会が開かれるって聞いて。これは稼ぎ時だ、行くしかないなって」

言ってキャロルは背負っていた楽器を示す。

「逞《たくま》しいね」

とユーマは苦笑するしかない。

だが懐かしいというか本当に目の前のその少女がキャロルなのだと実感も出来た。

彼の中の記憶にあるキャロルは、そういう子だった。

開拓村の農民の娘であるのに――農民の娘の大半が、そのまま別の農家に嫁ぐのが当たり前だったのに、自分は楽器を覚えて吟遊詩人になるんだ、という夢を当然のように語っていた子だった。

「村が全滅したって聞いた時は、しばらく落ち込んだりもしたけど……落ち込んでも皆が帰ってくる訳じゃないから。私だけでも頑張って生きなきゃって思って。村の出来事とか、皆の事とか、歌にして伝えていこうって思って。そしたらユーマも生き残っててびっくりした」

「……僕もびっくりだけどね」

「ねえ、ユーマ、どこかでお互い、村を出てからどんな風に過ごしていたのか、語り合わない？　うまくすれば新しい歌に出来るかもしれないし！」

とキャロルは呆《あき》れる程の積極さを示して、そんな事を言ってくる。

「ね、ね、決まり、いいでしょ？　お互い生きてて良かったね、ってお祝いも兼ねて！」

と彼女はユーマの手をとってくる。

昔と変わらず、躊躇《ちゅうちょ》も逡巡《しゅんじゅん》も羞恥も無く。

それが——幼い頃から当然であったから。

「あー……」

若干の気恥ずかしさを覚えながらも、ユーマはキャロルに引かれて歩き出す。王に円金聖章を返すのは、キャロルと話をした後でもいいかもしれない。そんな事を想って——

「——あっ！」

と声が上がる。

キャロルに引かれて多少、不自然な姿勢で歩いていたからか、相手もよそ見をしていたからか、ユーマは一人の少年とぶつかっていた。

同じく少年といってもユーマより明らかに幼く小柄である。歳《とし》は十歳くらいか。ユーマはびくともしなかったが、少年の方は路上に転がってしまっていた。

「大丈夫？」

とユーマが尋ねると、少年は笑顔で『うん！』と頷《うなず》いて跳ねるように立ち上がる。

そして——

「あの、お兄さん、お姉さん」

ふと何か思いついた様子で首を傾《かし》げて尋ねてきた。

「その恰好《かっこう》……旅の人？」

「え？　まあ、そうだけど」

とキャロルと顔を見合わせてからユーマはそう答える。

「だったら、『勇者様』見なかった？」

「…………」

ユーマは言葉に詰まる。

それを知ってか知らずにか——

「父ちゃんも母ちゃんも、お城の皆も、『勇者様』が還《かえ》ってこないって騒いでて。もう着いててもおかしくないのに、途中で何かあったのかって」

「…………ああ」

とユーマは溜息《ためいき》をつく。

ガスコインの街でボニータと別れてから、何か気持ちが重く、二か所ばかり寄り道をしてきたからだろう。

山賊に襲われた巡回商人を助けたり、医者も法術師も居ない小さな山村の、産気づいた妊婦のところに、隣村から産婆を背負って——法術で脚力を強化して連れていったり。

実を言えば一度、引き返して妖精郷に顔を出そうかと思い悩み、街道に馬車を停《と》めて一夜を明かした事さえある。

ただ——

「えっとね」

ユーマはキャロルから手を離して少年の前に身を屈《かが》める。

「実は『勇者様』とは会ったんだ」

「え。そうなの？」

「うん。でも『勇者様』はちょっと事情があって、王都に戻らないで、また旅に出ますって言ってた」

「ええっ⁉」

ユーマの出まかせを信じてくれたのだろう。

少年は素直に驚いている。

ユーマは懐《ふところ》から円金聖章《メダル》を取り出すと――

「丁度良かった。これ、『勇者様』から預かった大事なものなんだけどね。僕みたいな流れ者が持っていくより、君か、君のお父さんやお母さんが、王様に返してくれる方がいいよね」

そう言って円金聖章を少年の手に握らせる。

「でもお兄さん……？」

「頼んだよ」

とユーマは少年の頭を撫《な》でてほほ笑む。

恐らく先の口ぶりからして少年の両親は城勤めか、出入りの業者であろうから、この子を介せばきちんと王に円金聖章は届くだろう。

「よろしくね」

走り出す少年を見送って手を振るユーマ。

その様子を横でキャロルは不思議そうに見ていたが。

「ユーマ、『勇者様』と会ったんだ？」

「え？　あ、まあ、うん」

と曖昧に頷くユーマ。

「じゃあ魔王討伐のあれこれとかも聞いてたりする？」

と期待に眼《め》を輝かせながらキャロルが尋ねてくる。

「……まあ、聞いてる、かな。その後の事も」

「じゃあそれ、私にも聞かせて、お互いのあれこれの話の後に！」

と再び手をとってキャロルが言ってくる。

ユーマは束《つか》の間《ま》、彼方《かなた》の空を――自分が辿《たど》ってきた旅路の方角を見遣《みや》ってから、小さく頷いて。

「長い話になるよ。短くて、長い、そういう話」

美しい事も。醜い事も。

嬉しい事も。哀《かな》しい事も。

そんな色々を内包した、勇者の『往《ゆ》きて還りし』物語。

『何者』でも無かった者が、『何者』かになり、やがて『何者』でもない存在に還る。

まるで、人生の、ように。

「いいね！　長編も短編もどんとこい、最高だよ！」

キャロルはユーマの手を引いて歩き出しながら、肩越しに振り返ってそう笑う。ユーマは彼女に笑い返しながら、なんだか、救われたような気持ちになって。

「……ありがとう」

「え？　なにが？」

とキャロルが問うてくるがユーマは首を振って答えない。

そして——

勇者は死なず。

勇者は語らず。

人であって人にあらず。

其《それ》は希望であり象徴であるが故に。

其は事象であり必然であるが為に。

故に勇者は勇者たるまま還るをはばかりて。

故に別れを告げず、ただ立ち去るのみ。

ただ残影の如《ごと》き伝説だけが、果てなく語り継がれるも。

その行方は、誰も知らない。

あとがき

富士見《ふじみ》ファンタジア文庫ではお久しぶり、文筆屋の榊一郎《さかきいちろう》です。

最近はなんかめっきり漫画原作やゲームシナリオの人ですが、別に小説書きを辞めたつもりもないので、こうして新作が書かせてもらえるのは有難《ありがた》い事です。

……久しぶりなので『あとがきってどうやって書いてたっけ？』とか一瞬、戸惑ったのは内緒です。


「榊さん。『葬送のフ●ーレン』ってあるじゃないですか」

「ありますね。流行《はや》ってますね。アニメの評判もいいみたい」

「『誰が勇者を殺したか』って小説も大変な人気です」

「ああ。そうみたいですね」

「ああいうのをやりましょう！　ああいうのが今求められているのですよ！」

「……どういうの？」

「だから、勇者パーティが魔王を斃《たお》した後、の話です。ゲームとかだと、ラストバトルの後、一瞬でお城に帰っちゃうじゃないですか。あれ勿体《もったい》ないですよね」

「ああ、はいはい。そういう『英雄譚《たん》に描かれなかった隙間に起きたドラマ』ですね」

「はい。そういうやつ。しかもバトル主体じゃなくてエモさ主体のやつ」

「割と得意です、そういう変化球。スニーカー文庫でやった『永き聖戦の後に』や講談社《こうだんしゃ》ラノベ文庫でやった『おお魔王、死んでしまうとは何事か』も魔王討伐の後の勇者とか、その仲間の話ですし」

「ですよね。じゃあよろしく」


……などという担当編集者との極めて『綿密な』打ち合わせの後、本作の方向性は決まったのでした。

まあそれはそれとして、本作は数点、私のいつもの書き方とは変えています（基本的に主人公ユーマの外見描写が殆《ほとん》ど無いとか、極力バトルシーンそのものは描かないとか、他にもあまりマジックパンク的な詳細世界設定を置かず、オーソドックスなファンタジー感に徹するとか）。これが読者の方々にどう見えるのかは分からないですが、私としては新しい事に挑戦するのは楽しかったです。

既にキャラクターデザインと表紙は拝見しておりますが、この『オーソドックスなファンタジー感』『その一方で変化球のドラマ』というのをイラストレーターの芝《しば》先生もよく汲《く》み取《と》ってくださったようで、キャラデザも、表紙の構図も作品内容を１２０％繁栄した上で文章に無かった部分を補完していただいており、大感謝であります。

正直、この一冊の読み切りってのがもったいないくらい（笑）。

いずれにせよ、コンパクトに綺麗《きれい》にまとまった作品だとは自負しておりますので、榊一郎の名前がお馴染《なじ》みの方も、榊一郎作品を初めて手に取る方も、長編シリーズとは異なり、軽い気持ちで読んでいただければと。

ではでは。また次の小説、もしくは漫画でお会いできればと思います。

２０２４／09／05

ＢＧＭ：『千本桜』（by 和楽器《わがっき》バンド）

お便りはこちらまで
〒一〇二−八一七七
ファンタジア文庫編集部気付
榊一郎（様）宛
芝（様）宛

富士見ファンタジア文庫

魔王《まおう》を斃《たお》した後《あと》の帰《かえ》り道《みち》で

令和６年10月20日　初版発行

著者――榊《さかき》　一郎《いちろう》

発行者――山下直久

発　行――株式会社KADOKAWA

〒102-8177

東京都千代田区富士見2-13-3

0570-002-301（ナビダイヤル）

印刷所――株式会社暁印刷

製本所――本間製本株式会社

※定価はカバーに表示してあります。

●お問い合わせ

https://www.kadokawa.co.jp/（「お問い合わせ」へお進みください）

※内容によっては、お答えできない場合があります。

※サポートは日本国内のみとさせていただきます。

※Japanese text only

ISBN978-4-04-075649-3　C0193　◇◇◇

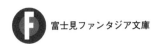

ティナ
四大公爵家の
ひとつ、ハワード家に
生まれた公女殿下。
なぜか誰でも扱える
程度の魔法すら使う
ことができない。
変える
はじめましょう
アレン
公爵令嬢ティナの
家庭教師を務める
ことになった青年。魔法
の知識・制御にかけては
他の追随を許さない
圧倒的な実力の
持ち主。
発売中!

切り拓け!キミだけの王道
ファンタジア大賞
原稿募集中!
賞金
《大賞》300万円
《金賞》50万円
《銀賞》30万円
選考委員
細音啓 「キミと僕の最後の戦場、あるいは世界が始まる聖戦」
橘公司 「デート・ア・ライブ」
羊太郎 「ロクでなし魔術講師と禁忌教典《アカシックレコード》」
ファンタジア文庫編集長
前期締切 8月末日
後期締切 2月末日
公式サイトはこちら! https://www.fantasiataisho.com/